梁实秋
60年散文精品

# 愿人生从容

梁实秋 著

中国纺织出版社
国家一级出版社
全国百佳图书出版单位

**图书在版编目（CIP）数据**

愿人生从容 / 梁实秋著 . -- 北京：中国纺织出版社，2018.8
（梁实秋 60 年散文精品）
ISBN 978-7-5180-5247-9

Ⅰ. ①愿… Ⅱ. ①梁… Ⅲ. ①散文集—中国—现代 Ⅳ. ① I266

中国版本图书馆 CIP 数据核字（2018）第 164423 号

责任编辑：李凤琴　　责任校对：陈红　　责任印制：王艳丽

中国纺织出版社出版发行
地址：北京市朝阳区百子湾东里 A407 号楼　邮政编码：100124
销售电话：010 — 67004422　传真：010 — 87155801
http: //www. c-textilep. com
E-mail: faxing @ c-textilep. com
北京通天印刷有限责任公司　各地新华书店经销
2018 年 8 月第 1 版第 1 次印刷
开本：710 ×1000　1/16　印张：13
字数：130 千字　定价：42.00 元

序言

# 时间即生命

最令人怵目惊心的一件事，是看着钟表上的秒针一下一下地移动，每移动一下就是表示我们的寿命已经缩短了一部分。再看看墙上挂着的可以一张张撕下的日历，每天撕下一张就是表示我们的寿命又缩短了一天。因为时间即生命。没有人不爱惜他的生命，但很少人珍视他的时间。如果想在有生之年做一点什么事，学一点什么学问，充实自己，帮助别人，使生命成为有意义，不虚此生，那么就不可浪费光阴。这道理人人都懂，可是很少人真能积极不懈地善于利用他的时间。

我自己就是浪费了很多时间的一个人。我不打麻将，我不经常听戏看电影，几年中难得一次，我不长时间看电视，通常只看半个小时，我也不串门子闲聊天。有人问我："那么你大部分时间都做了些什么呢？"我痛自反省，我发现，除了职务上的必须及人情上所不能免的活动之外，我的时间大部分都浪费了。我应该集中精力，读我所未读过的书，我应该利用所有时间，写我所要写的东西，但是我没能这样做。我的好多的时间都糊里糊涂地混过去了，"少壮不努力，老大徒伤悲。"

例如，我翻译莎士比亚，本来计划于课余之暇每年翻译两部，二十年即可完成，但是我用了三十年，主要的原因是懒。翻译之所以完成，主要的是因为活得相当长久，十分惊险。翻译完成之后，虽然仍有工作计划，但体力渐衰，有力不从心之感。假使年轻的时候鞭策自己，如今当有较好或较多的表现。然而悔之晚矣。

再例如，作为一个中国人，经书不可不读。我年过三十才知道读书自修的重要。我披阅，我圈点，但是恒心不足，时作时辍。“五十以学易，可以无大过矣”，我如今年过八十，还没有接触过《易经》，说来惭愧。史书也很重要。我出国留学的时候，我父亲买了一套同文石印的前四史，塞满了我的行箧的一半空间，我在外国混了几年之后又把前四史原封带回来了。

直到四十年后才鼓起勇气读了《通鉴》一遍。现在我要读的书太多，深感时间有限。无论做什么事，健康的身体是基本条件。我在学校读书的时候，有所谓“强迫运动”，我踢破过几双球鞋，打断过几支球拍。因此侥幸维持下来最低限度的体力。老来打过几年太极拳，目前则以散步活动筋骨而已。寄语年轻朋友：千万要持之以恒地从事运动，这不是嬉戏，不是浪费时间。健康的身体是做人做事的真正本钱。

# 梁实秋的话

中年的妙趣，在于相当地认识人生，认识自己，从而做自己所能做的事，享受自己所能享受的生活。

人吃到老，活到老，经过多少狂风暴雨惊涛骇浪，还能双肩承一喙，俯仰天地间，应该算是幸事。

一个人如果达到相当年龄，还不失赤子之心，经风吹雨打，方寸间还能诗意盎然，他是得天独厚，他是诗人。

小时候嬉嬉闹闹，天真率直，那一段纯稚的光景已一去而不可复得，如果长大之后还能邂逅一两个总角之交，勾起童时的回忆，不也快慰生平吗？

可惜的是，自己隐隐然还有一颗心，外界的波澜不能不掀动内心的荡漾，极小的一件事也可以使人终日寡欢，所以工作成绩也就微小得不值一提了。

有人说，人在开始喜欢回忆的时候便是开始老的时候。

我看世间一切有情，是有一个新陈代谢的法则，是有遗传嬗递的迹象，人恐怕也不是例外，长江后浪推前浪，一代新人代旧人，如是而已。

我们来到这世界，并未经我们同意，我们离开这世界，也将不经我们同意。我们是被动的。

凡是常态的、健康的、活泼的脸，都是令人愉快的。

在可能范围内，努力把脸上的筋肉松弛一下，嘴角上挂出一个微笑，自己费力不多，而给予人的快感甚大，可以使得这人生更值得留恋一些。

除了朋友、时代、习惯、书、酒之外，有数不尽的事物都是越老越古越旧越陈越好。

旧的东西之可留恋的地方固然很多，人生之应该日新又新的地方亦复不少 。

只是看着活生生的小动物，心里油然而生一股怜爱，所以就收养它，为它尽心尽力，耗时耗材，而无所惜。付出一片爱便是收获，便是满足。

爱是纯洁而天真的，小孩子最纯洁天真，所以小孩子最爱小动物。

# 目录 CONTENTS

## ③ 第三辑

## 寻找生命的意义

④ 第四辑

人生是一场旅行

1

# 第一辑

# 愿人生从容

人生，

活的就是一种态度，一种心情，

只有心态好，

才能在不断的生活中感受从容，

在从容中不断地精彩人生。

# 女人

有人说女人喜欢说谎。假如女人所捏撰的故事都能抽取版税，便很容易致富。这问题在什么叫作说谎。若是运用小小的机智，打破眼前小小的窘僵，获取精神上小小的胜利，因而牺牲一点点真理，这也可以算是说谎，那么，女人确是比较的富于说谎的天才。有具体的例证。你没有陪过女人买东西吗？尤其是买衣料，她从不干干脆脆地说要做什么衣，要买什么料，准备出多少钱。她必定要东挑西拣，翻天覆地，同时口中念念有词，不是嫌这匹料子太薄，就是怪那匹料子花样太旧，这个不禁洗，那个不禁晒，这个缩头大，那个门面窄，批评得人家一文不值。其实，满不是这么一回事，她只是嫌价码太贵而已！如果价钱便宜，其他的缺点全都不成问题，而且本来不要买的也要购储起来。一个女人若是因为炭贵而不生炭盆，她必定对人解释说："冬天生炭盆最不卫生，到春天容易喉咙痛！"屋顶渗漏，塌下盆大的灰泥，在未修补之前，女人便会向人这样解释："我预备在这地方安装电灯。"自己上街买菜的女人，常常只承认散步和呼吸新鲜空气是她上市的唯一理由。艳羡汽车的女人常常表示她最厌恶汽油的臭味。坐在中排看戏的女人常常说前排的头等座位最不舒适。一个女子馈赠别人，必说：“实在买不到什么好的……”其实这东西根本不是她买的，是别人送给她的。一个女人表示愿意陪你去上街走走，其实是她顺便要买东西。总之，女人总欢喜拐弯抹角地放一个小小的烟幕，无伤大雅，颇占体面。这也是艺术，王尔德不是说过“艺术即是说谎”么？这些例证还只是一些并无版权的谎话而已。

女人善变，多少总有些哈姆雷特式，拿不定主意。问题大者如离婚结婚，问题小者如换衣换鞋，都往往在心中经过一读二读三读，决议之后再复议，复议之后再否决，女人决定一件事之后，还能随时做一百八十度的大转弯，做出那与决定完全相反的事，使人无法追随。因为变得急速，所以容易给人以“脆弱”的印象。莎士比亚有一名句：“‘脆弱’呀，你的名字叫作‘女人’！”但这脆弱，并不永远使女人吃亏。越是柔韧的东西越不易摧折。女人不仅在决断上善变，即便是一个小小的别针位置也常变，午前在领扣上，午后就许移到了头发上。三张沙发，能摆出若干阵势；几根头发，能梳出无数花头。讲到服装，其变化之多，常达到荒谬的程度。外国女人的帽子，可以是一根鸡毛，可以是半只铁锅，或是一个簸箕。中国女人的袍子，变化也就够多，领子高的时候可以使她像一只长颈鹿，袖子短的时候恨不得使两腋生风，至于纽扣盘花，滚边镶绣，则更加是变幻莫测。“上帝给她一张脸，她能另造一张出来。”“女人是水做的”，是活水，不是止水。

女人善哭。从一方面看，哭常是女人的武器，很少人能抵抗她这泪的洗礼。俗话说：“一哭二闹三上吊”，这一哭确实其势难挡。但从另一方面看，哭也常是女人内心的“安全瓣”。女人忍耐的力量是伟大的，她为了男人，为了小孩，能忍受难堪的委屈。女人对于自己的享受方面，总是属于“斯多亚派”的居多。男人不在家时，她能立刻变成为素食主义者，火炉里能爬出老鼠，开电灯怕费电，再关上又怕费开关。平素既已极端刻苦，一旦精神上再受刺激，便忍无可忍，一腔悲怨天然地化作一把把的鼻涕眼泪，从“安全瓣”中汩汩而出，腾出空虚的心房，再来接受更多的委屈。女人很少破口骂人（骂街便成泼妇，其实甚少），很少揎袖挥拳，但泪腺就比较发达。善哭的也就常常善笑，眯眯地笑，吃吃地笑，咯咯地笑，哈哈地笑，笑是常驻在女人脸上的，这笑脸常常成为最有效的护照。女人最像小孩，她能为了一个滑稽的姿态而笑得前仰后合，肚皮痛，淌眼泪，以至于翻筋头！哀与乐都是常川有备，一触即发。

女人的嘴，大概是用在说话方面的时候多。女孩子从小就往往口齿伶俐，就是学外国语也容易朗朗上口，不像嘴里含着一个大舌头。等到长大之后，三五成群，说长道短，声音脆，嗓门高，如蝉噪，如蛙鸣，真当得好几部鼓吹！等到年事再长，万一堕入“长舌”型，则东家长，西家短，飞短流长，搬弄多少是非，惹出无数口舌；万一堕入“喷壶嘴”型，则琐碎繁杂，絮聒唠叨，一件事要说多少回，一句话要说多少遍，如喷壶下注，万流齐发，挡者披靡，不可向迩！一个人给他的妻子买一件皮大衣，朋友问他：“你是为使她舒适吗？”那人回答说：“不是，为使她少说些话！”

# 女人一

老年 一

女人胆小，看见一只老鼠而当场昏厥，在外国不算是奇闻。中国女人胆小不至如此，但是一声霹雷使得她拉紧两个老妈子的手而仍战栗不止，倒是确有其事。这并不是做作，并不是故意在男人面前作态，使他有机会挺起胸脯说：“不要怕，有我在！”她是真怕。在黑暗中或荒僻处，没有人，她怕；万一有人，她更怕！屠牛宰羊，固然不是女人的事，杀鸡宰鱼，也不是不费手脚。胆小的缘故，大概主要的是体力不济。女人的体温似乎较低一些，有许多女人怕发胖而食无求饱，营养不足，再加上怕臃肿而衣裳单薄，到冬天瑟瑟打战，袜薄如蝉翼，把小腿冻得作“浆米藕”色，两只脚放在被里一夜也暖不过来，双手捧热水袋，从八月捧起，捧到明年五月，还不忍释手。抵抗饥寒之不暇，焉能望其胆大。

女人的聪明，有许多不可及处，一根棉线，一下子就能穿入针孔，然后一下子就能在线的尽头处打上一个结子，然后扯直了线在牙齿上砰砰两声，针尖在头发上擦抹两下，便能开始解决许多在人生中并不算小的苦恼，例如，缝上衬衣的扣子，补上袜子的破洞之类。至于几根篾棍，一上一下地编出多少样物事，更是令人叫绝。有学问的女人，创辟“沙龙”，对任何问题能继续谈论至半小时以上，不但不令人入睡，而且令人疑心她是内行。

# 男人

男人令人首先感到的印象是脏！当然，男人当中亦不乏刷洗干净洁身自好的，甚至还有油头粉面衣裳楚楚的，但大体讲来，男人消耗肥皂和水的数量要比较少些。某一男校，对于学生洗澡是强迫的，入浴签名，每周计核，对于不曾入浴的初步惩罚是宣布姓名，最后的断然处置是定期强迫入浴，并派员监视，然而日久玩生，签名簿中尚不无浮冒情事。有些男人，西装裤尽管挺直，他的耳后脖根，土壤肥沃，常常宜于种麦！袜子手绢不知随时洗涤，常常日积月累，到处塞藏，等到无可使用时，再从那一堆污垢存货当中拣选比较干净的去应急。有些男人的手绢，拿出来硬像是土灰面制的百果糕，黑糊糊黏成一团，而且内容丰富。男人的一双脚，多半好像是天然的具有泡菜霉干菜再加糖蒜的味道。所谓“濯足万里流”是有道理的，小小的一盆水确是无济于事，然而多少男人却连这一盆水都吝而不用，怕伤元气。两脚既然如此之脏，偏偏有些“逐臭之夫”喜于脚上藏垢纳污之处往复挖掘，然后嗅其手指，引以为乐！多少男人洗脸都是专洗本部，边疆一概不理，洗脸完毕，手背可以不湿，有的男人是在结婚后才开始刷牙。“扪虱而谈”的是男人。还有更甚于此者，曾有人当众搔背，结果是从袖口里面摔出一只老鼠！除了不可挽救的脏相之外，男人的脏大概是由于懒。

对了！男人懒。他可以懒洋洋坐在旋椅上，五官四肢，连同他的脑筋（假如有），一概停止活动，像呆鸟一般："不闻夫博弈者乎……"那段话是专对男人说的。他若是上街买东西，很少时候能令他的妻子满意，他总是不肯多问几家，怕跑腿，怕费话，怕讲价钱。什么事他都嫌麻烦，除了指使别人替他做的事之外，他像残废人一样，对于什么事都愿坐享其成，而名之曰"室家之乐"。他提前养老，至少提前三二十年。

紧毗连着"懒"的是"馋"。男人大概有好胃口的居多。他的嘴，用在吃的方面的时候多，他吃饭时总要在菜碟里发现至少一英寸见方半英寸厚的肉，才能算是没有吃素。几天不见肉，他就喊"嘴里要淡出鸟儿来！"若真个三月不知肉味，怕不要淡出毒蛇猛兽来！有一个人半年没有吃鸡，看见了鸡毛帚就流涎三尺。一餐盛馔之后，他的人生观都能改变，对于什么都乐观起来。一个男人在吃一顿好饭的时候，他脸上的表情硬是在感谢上天待人不薄；他饭后衔着一根牙签，红光满面，硬是觉得可以骄人。主中馈的是女人，修食谱的是男人。

男人多半自私。他的人生观中有一基本认识，即宇宙一切均是为了他的舒适而安排下来的。除了在做事赚钱的时候不得不忍气吞声地向人奴膝婢颜外，他总是要做出一副老爷相。他的家便是他的国度，他在家里称王。他除了为赚钱而吃苦努力外，他是一个“伊比鸠派”，他要享受。他高兴的时候，孩子可以骑在他的颈上，他引颈受骑，他可以像狗似的满地爬；他不高兴时，他看着谁都不顺眼，在外面受了闷气，回到家里来加倍地发作。他不知道女人的苦处。女人对于他的殷勤委屈，在他看来，就如同犬守户、鸡司晨一样的稀松平常，都是自然现象。他说他爱女人，其实他不是爱，是享受女人，他不问他给了别人多少，但是他要在别人身上尽量榨取。他觉得他对女人最大的恩惠，便是把赚来的钱全部或一部分拿回家来。但是当他把一卷卷的钞票从衣袋里掏出来的时候，他的脸上的表情是骄傲的成分多，亲爱的成分少，好像是在说：“看我！你行么！我这样待你，你多幸运！”他若是感觉到这家不复是他的乐园，他便有多样的借口不回到家里来。他到处云游，他另辟乐园。他有聚餐会，他有酒会，他有桥会，他有书会、画会、棋会，他有夜会，最不济的还有个茶馆。他的享乐的方法太多，假如轮回之说不假，下世侥幸依然投胎为人，很少男人情愿下世做女人的。他总觉得这一世生为男身，而享受未足，下一世要继续努力。

“群居终日，言不及义”原是人的通病，但是言谈的内容，却男女有别。女人谈的往往是“我们家的小妹又病了！”“你们家每月开销多少？”之类。男人谈的是另一套，普遍的方式，男人的谈话，最后不谈到女人身上便不会散场。这一个题目对男人最有兴味。如果有一个桃色案，他们惟恐其和解得太快。他们好议论人家的隐私，好批评别人的妻子的性格相貌。“长舌男”是到处有的，不知为什么这名词尚不甚流行。

# 中年

钟表上的时针是在慢慢地移动着的，移动的如此之慢，使你几乎不感觉到它的移动。人的年纪也是这样的，一年又一年，总有一天会蓦然一惊，已经到了中年。到这时候大概有两件事使你不能不注意。讣闻不断地来，有些性急的朋友已经先走一步，很煞风景；同时又会忽然觉得一大批一大批的青年小伙子在眼前出现，从前也不知是在什么地方藏着的，如今一齐在你眼前摇晃，磕头碰脑的尽是些昂然阔步满面春风的角色，都像是要去吃喜酒的样子。自己的伙伴一个个的都入蛰了，把世界交给了青年人。所谓“耳畔频闻故人死，眼前但见少年多”，正是一般人中年的写照。

从前杂志背面常有“韦廉士红色补丸”的广告，画着一个憔悴的人，弓着身子，手扶在腰上，旁边注着“图中寓意”四字。那寓意对于青年人是相当深奥的。可是这幅图画却常在一般中年人的脑里涌现，虽然他不一定想吃“红色补丸”，那点寓意他是明白的了。一根黄松的柱子，都有弯曲倾斜的时候，何况是二十六块碎骨头拼凑成是一条脊椎？年青人没有不好照镜子的，在店铺的大玻璃窗前照一下都是好的，总觉得大致上还有几分姿色。这顾影自怜的习惯逐渐消失，以至于有一天偶然揽镜，突然发现额上刻了横纹，那线条是显明而有力，像是吴道子的“莼菜描”，心想那是抬头纹，可是低头也还是那样。再一细看头顶上的头发有搬家到腮旁颔下的趋势。而最令人怵目惊心的是，鬓角上发现几根白发，这一惊非同小可。平素一毛不拔的人到这时候也不免要狠心地把它拔去，拔毛连茹，头发根上还许带着一颗鲜亮的肉珠。但是没有用，岁月不饶人！

一般的女人到了中年，更着急。哪个年青女子不是饱满丰润得像一颗牛奶葡萄，一弹就破的样子？哪个年青女子不是玲珑矫健得像一只燕子，跳动得那么轻灵？到了中年，全变了，曲线部还存在，但满不是那么回事。该凹入的部分变成了凸出，该凸出的部分变成了凹入，牛奶葡萄要变成为金丝蜜枣，燕子要变鹌鹑。最暴露在外面的是一张脸，从“鱼尾”起皱纹撒出一面网，纵横辐辏，疏而不漏，把脸逐渐织成一幅铁路线最发达的地图，脸上的皱纹已经不是熨斗所能烫得平的，同时也不知怎么在皱纹之外还常常加上那么多的苍蝇屎。所以脂粉不可少。除非粪土之墙，没有不可污的道理。在原有的一张脸上再罩上一张脸，本是最简便的事，不过在上妆之前下妆之后，容易令人联想起《聊斋志异》的那一篇《画皮》而已。女人的肉好像最禁不起地心的吸力，一到中年便一齐松懈下来往下堆摊，成堆的肉挂在脸上，挂在腰边，挂在踝际。听说有许多西洋女子用擀面杖似的一根棒子早晚混身乱搓，希望把浮肿的肉压得结实一点；

又有些人干脆忌食脂肪忌食淀粉，扎紧裤带，活生生的把自己“饿”回青春去。有多少效果，我不知道。

别以为人到中年，就算完事。不。譬如登临，人到中年像是攀跻到了最高峰。回头看看，一串串的小伙子正在“头也不回呀汗也不揩”地往上爬。再仔细看看，路上有好多块绊脚石，曾把自己磕碰得鼻青脸肿，有好多处陷阱，使自己做了若干年的井底蛙。回想从前，自己做过扑灯蛾，惹火焚身；自己做过撞窗户纸的苍蝇，一心想奔光明，结果落在黏苍蝇的胶纸上！这种种景象的观察，只有站在最高峰上才有可能。向前看，前面是下坡路，好走得多。

施耐庵《水浒》序云：“人生三十未娶，不应再娶；四十未仕，不应再仕。”其实“娶”“仕”都是小事，不娶不仕也罢，只是这种说法有点中途弃权的意味。西谚云：“人的生活在四十才开始。”好像四十以前，不过是几出配戏，好戏都在后面。我想这与健康有关。吃窝头米糕长大的人，拖到中年就算不易，生命力已经蒸发殆尽，这样的人焉能再娶？何必再仕？服“维他赐保命”都嫌来不及了。我看见过一些得天独厚的男男女女，年轻的时候愣头愣脑的，浓眉大眼，生僵挺硬，像是一些又青又涩的毛桃子，上面还带着挺长的一层毛。他们是未经琢磨过的璞石，可是到了中年，他们变得润泽了，容光焕发，脚底下像是有了弹簧，一看就知道是内容充实的。他们的生活像是在饮窖藏多年的陈酿，浓而芳冽！对于他们，中年没有悲哀。

四十开始生活，不算晚，问题在“生活”二字如何诠释。如果年届不惑，再学习溜冰踢毽子放风筝，“偷闲学少年”，那自然有如秋行春令，有点勉强。半老徐娘，留着“刘海”，躲在茅房里穿高跟鞋当作踩高跷般地练习走路，那也是惨事。中年的妙趣，在于相当地认识人生，认识自己，从而做自己所能做的事，享受自己所能享受的生活。科班的童伶宜于唱全本的大武戏，中年的演员才能担得起大出的轴子戏，只因他到中年才能真懂得戏的内容。

# 老年

时间走得很停匀，说快不快，说慢不慢。不知从什么时候起在宴会中总是有人簇拥着你登上座，你自然明白这是离入祠堂之日已不太远。上下台阶的时候常有人在你肘腋处狠狠地搀扶一把，这是提醒你，你已到达了杖乡杖国的高龄，怕你一跤跌下去，摔成好几截。黄口小儿一晃的工夫就窜高好多，在你眼前跌跌跖跖的跑来跑去，喊着阿公阿婆，这显然是在催你老。

其实人之老也，不需人家提示。自己照照镜子，也就应该心里有数。乌溜溜毛毵毵的头发哪里去了？由黑而黄，而灰，而斑，而耄耄然，而稀稀落落，而牛山濯濯，活像一只秃鹫。瓠犀一般的牙齿哪里去了？不是熏得焦黄，就是咧着罅隙，再不就是露出七零八落的豁口。脸上的肉七棱八瓣，而且还平添无数雀斑，有时排列有序如星座，这个像大熊，那个像天蝎。下巴颏儿底下的垂肉变成了空口袋，捏着一揪，两层松皮久久不能恢复原状。两道浓眉之间有毫毛秀出，像是麦芒，又像是兔须。

眼睛无端淌泪，有时眼角上还会分泌出一堆堆的桃胶凝聚在那里。总之，老与丑是不可分的。《尔雅》：“黄发、齯齿、鲐背、耇、老，寿也。”寿自管寿，丑还是丑。

老的征象还多的是。还没有喝忘川水，就先善忘。文字过目不旋踵就飞到九霄云外，再翻寻有如海底捞针。老友几年不见，觌面说不出他的姓名，只觉得他好生面善。要办事超过三件以上，需要结绳，又怕忘了哪一个结代表哪一桩事，如果笔之于书，又可能忘记备忘录放在何处。大概是脑髓用得太久，难免漫漶，印象当然模糊。目视茫茫，眼镜整天价戴上又摘下，摘下又戴上。两耳聋聩，无以与乎钟鼓之声，倒也罢了，最难堪是人家说东你说西。齿牙动摇，咀嚼的时候像反刍，而且有时候还需要戴围嘴。至于登高腿软，久坐腰酸，睡一夜浑身关节滞涩，而且睁着大眼睛等天亮，种种现象不一而足。

老不必叹，更不必讳。花有开有谢，树有荣有枯。桓温看到他“种柳皆已十围，慨然曰：‘木犹如此，人何以堪！’攀枝执条，泫然流泪。”桓公是一个豪迈的人，似乎不该如此。人吃到老，活到老，经过多少狂风暴雨、惊涛骇浪，还能双肩承一喙，俯仰天地间，应该算是幸事。荣启期说：“人生有不见日月、不免襁褓者”，所以他行年九十，认为是人生一乐。叹也无用，乐也无妨，生、老、病、死，原是一回事。有人讳言老，算起岁数来斤斤计较按外国算法还是按中国算法，好像从中可以讨到一年便宜。更有人老不歇心，怕以皤皤华首见人，偏要染成黑头。

半老徐娘，驻颜无术，乃乞灵于整容郎中化妆师，隆鼻隼，抽脂肪，扫青黛眉，眼睚涂成两个黑窟窿。“物老为妖，人老成精。”人老也就罢了，何苦成精？

老年人该做老年事，冬行春令实是不祥。西塞罗说：“人无论怎样老，总是以为自己还可以再活一年。”是的，这愿望不算太奢。种种方面的人欠欠人，正好及时做个了结。贤者识其大，不贤者识其小，各有各的算盘，大主意自己拿。最低限度，别自寻烦恼，别碍人事，别讨人嫌。“有人问索福克里斯，年老之后还有没有恋爱的事，他回答得好，‘上天不准！我好容易逃开了那种事，如逃开凶恶的主人一般。’”这是说，老年人不再追求那花前月下的旖旎风光，并不是说老年人就一定如槁木死灰一般的枯寂。人生如游山。年轻的男男女女携着手儿陟彼高冈，沿途有无限的赏心乐事，兴致淋漓，也可能遇到一些挫沮，歧路彷徨，不过等到日云暮矣，互相扶持着走下山冈，却正别有一番情趣。白居易《睡觉》诗：“老眠早觉常残夜，病力先衰不待年。五欲已销诸念息，世间无境可勾牵。”话是很洒脱，未免凄凉一些。五欲指财、色、名、饮食、睡眠。五欲全销，并非易事，人生总还有可留恋的在。江州司马泪湿青衫之后，不是也还未能忘情于诗酒吗？

# 孩子

兰姆是终身未娶的，他没有孩子，所以他有一篇《未婚者的怨言》收在他的《伊利亚随笔》里。他说孩子没有什么稀奇，等于阴沟里的老鼠一样，到处都有，所以有孩子的人不必在他面前炫耀。他的话无论是怎样中肯，但在骨子里有一点酸——葡萄酸。

我一向不信孩子是未来世界的主人翁，因为我亲见孩子到处在做现在的主人翁。孩子活动的主要范围是家庭，而现代家庭很少不是以孩子为中心的。一夫一妻不能成为家，没有孩子的家像是一株不结果实的树，总缺点什么；必定等到小宝贝呱呱堕地，家庭的柱石才算放稳，男人开始做父亲，女人开始做母亲，大家才算找到各自的岗位。我问过一个并非“神童”的孩子：“你妈妈是做什么的？”他说：“给我缝衣的。”“你爸爸呢？”小宝贝翻翻白眼：“爸爸是看报的！”但是他随即更正说：“是给我们挣钱的。”孩子的回答全对。爹妈全是在为孩子服务。母亲早晨喝稀饭，买鸡蛋给孩子吃；父亲早晨吃鸡蛋，买鱼肝油精给孩子吃。最好的东西都要献呈给孩子，否则，做父母的心里便起惶恐，像是做了什么大逆不道的事一般。孩子的健康及其舒适，成为家庭一切设施的一个主要先决问题。这种风气，自古已然，于今为烈。自有小家庭制以来，孩子的地位顿形提高。以前的“孝子”是孝顺其父母之子，今之所谓“孝子”乃是孝顺其孩子之父母。孩子是一家之主，父母都要孝他！

“孝子”之说，并不偏激，我看见过不少的孩子，鼓噪起来能像一营兵；动起武来能像械斗；吃起东西来能像饿虎扑食；对于尊长宾客有如生番；不如意时撒泼打滚有如羊痫；玩得高兴时能把家具什物狼藉满室，有如惨遭洗劫……但是“孝子”式的父母则处之泰然，视若无睹，顶多皱起眉头，但皱不过三四秒钟仍复堆起笑容，危及父母的生存和体面的时候，也许要狠心咒骂几声，但那咒骂大部分是哀怨乞怜的性质，其中也许带一点威吓，但那威吓只能得到孩子的讪笑，因为那威吓是向来没有兑现过的。

“孟懿子问孝，子曰：‘无违。’”今之“孝子”深韪是说。凡是孩子的意志，为父母者宜多方体贴，勿使稍受挫阻。近代儿童教育心理学者又有“发展个性”之说，与“无违”之说正相符合。

体罚之制早已被人唾弃，以其不合儿童心理健康之故。我想起一个外国的故事：

一个母亲带孩子到百货商店。经过玩具部，看见一匹木马，孩子一跃而上，前摇后摆，踌躇满志，再也不肯下来。那木马不是为出售的，是商店的陈设。店员们叫孩子下来，孩子不听；母亲叫他下来，加倍不听；母亲说带他吃冰激凌去，依然不听；买巧克力糖去，格外不听。任凭许下什么愿，总是还你一个不听；当时演成僵局，顿成胶着状态。最后一位聪明的店员建议说："我们何妨把百货商店特聘的儿童心理学专家请来解围呢？"众谋佥同，于是把一位天生成有教授面孔的专家从八层楼请了下来。专家问明原委，轻轻走到孩子身边，俯耳低声说了一句话，那孩子便像触电一般，滚鞍落马，牵着母亲的衣裙，仓皇遁去。事后有人问那专家到底对孩子说的是什么话，那专家说："我说的是：'你若不下马，我打碎你的脑壳！'"

这专家真不愧为专家，但是颇有不孝之嫌。这孩子假如平常受惯了不兑现的体罚、威吓，则这专家亦将无所施其技了。约翰逊博士主张不废体罚，他以为体罚的妙处在于直截了当，然而约翰逊博士是十八世纪的人，不合时代潮流！

哈代有一首小诗，写孩子初生，大家誉为珍珠宝贝，稍长都夸作玉树临风，长成则为非做歹，终至于陈尸绞架。这老头子未免过于悲观。但有"幼有神童之誉，少怀大志，长而无闻，终乃与草木同朽"——这确是个可以普遍应用的公式。"小时聪明，大时未必了了。"究竟是知言，然而为父母者多属乐观。孩子才能骑木马，父母便幻想他将来指挥十万貔貅时之马上雄姿；孩子才把一曲抗战小歌哼得上口，父母便幻想他将来喉声一啭彩声雷动时的光景；孩子偶然拨动算盘，父母便暗中揣想他将来或能掌握财政大权，同时兼营投机买卖……这种乐观往往形诸言语，成为炫耀，使旁观者有说不出的感想。曾见一幅漫画：一个孩子跪在他父亲的膝头用他的玩具敲打他父亲的头，父亲眯着眼在笑，那表情像是在宣告“看看！我的孩子！多么活泼，多少可爱！”旁边坐着一位客人咧着大嘴做傻笑状，表示他在看着，而且感觉兴趣。这幅画的标题是“演剧术”。一个客人看着别人家的孩子而能表示感觉兴趣，这真确实需要良好的“演剧术”。兰姆显然是不欢喜演这样的戏。

孩子中之比较最蠢、最懒、最刁、最泼、最丑、最弱、最不讨人欢喜的，往往最得父母的钟爱。此事似颇费解，其实我们应该记得《西游记》中唐僧为什么偏偏欢喜猪八戒。

谚云：“树大自直”，意思是说孩子不需管教，小时恣肆些，大了自然会好。可是弯曲的小树，长大是否会直呢？我不敢说。

# 诗人

有人说："在历史里一个诗人似乎是神圣的，但是一个诗人在隔壁便是个笑话。"这话不错。看看古代诗人画像，一个个的都是褒衣博带，飘飘欲仙，好像不食人间烟火的样子。《辋川图》里的人物，弈棋饮酒，投壶流觞，一个个的都是儒冠羽衣，意态萧然。我们只觉得摩诘当年，千古风流，而他在苦吟时堕入醋瓮里的那副尴尬相，并没有人给他写书流传。我们凭吊浣花溪畔的工部草堂，遥想杜陵野老典衣易酒卜居茅茨之状，吟哦沧浪，主管风骚，而他在耒阳狂啖牛炙白酒胀饫而死的景象，却不雅观。我们对于死人，照例是隐恶扬善，何况是古代诗人，篇章遗传，好像是瘯唾珠玑，纵然有些小小乖僻，自当加以美化，更可资为谈助。王摩诘堕入醋瓮，是他自己的醋瓮，不是我们家的水缸；杜工部旅中困顿，累的是耒阳知县，不是向我家叨扰。一般人读诗，犹如观剧，只是在前台欣赏，并无须厕身后台打听优伶身世，即使刺听得多少奇闻逸事，也只合作为梨园掌故而已。

# 孩子

一

# 诗人 一

假如一个诗人住在隔壁，便不同了。虽然几乎家家门口都写着“诗书继世长”，懂得诗的人并不多。如果我是一个名利中人，而隔壁住着一个诗人，他的大作永远不会给我看，我看了也必以为不值一文钱，他会给我以白眼，我看看他一定也不顺眼。诗人没有常光顾理发店的，他的头发作飞蓬状，作狮子狗状，作艺术家状。他如果是穿中装的，一定像是算命瞎子，两脚泥；他如果是穿西装的，一定是像卖毛毯子的白俄，一身灰。他游手好闲，他白昼做梦，他无病呻吟，他有时深居简出，闭门谢客，他有时终年流浪，到处为家，他哭笑无常，他饮食无度，他有时贫无立锥，他有时挥金似土。如果是个女诗人，她口里可以衔只大雪茄；如果是男的，他向各形各色的女人去膜拜。他喜欢烟、酒、小孩、花草、小动物——他看见一只老鼠可以作一首诗，他在胸口上摸出一只虱子也会作成一首诗。他的生活习惯有许多与人不同的地方。有一个人告诉我，他曾和一个诗人比邻，有一次同出远游，诗人未带牙刷，据云留在家里为太太使用，问之曰：“你们原来共用一把吗？”诗人大惊曰：“难道你们是各用一把吗？”

诗人住在隔壁，是个怪物，走在街上尤易引起误会。勃朗宁有一首诗《当代人对诗人的观感》，描写一个西班牙的诗人性好观察社会人生，以致被人误认为是一个特务，这是何等的讥讽！他穿的是一身破旧的黑衣服，手杖敲着地，后面跟着一条秃瞎老狗，看着鞋匠修理皮鞋，看人切柠檬片放在饮料里，看焙咖啡的火盆，用半只眼睛看书摊，谁虐打牲畜谁咒骂女人都逃不了他的注意——所以他大概是个特务，把观察所得呈报国王。看他那个模样儿，上了点年纪，那两道眉毛，亏他的眼睛在下面住着！鼻子的形状和颜色都像魔爪。某甲遇难，某乙失踪，某丙得到他的情妇——还不都是他干下的事？他费这样大的心机，也不知得多少报酬。大家都说他回家用晚膳的时候，灯火辉煌，墙上挂着四张名画，二十名裸体女人给他捧盘换盏。其实，这可怜的人过的乃是另一种生活，他就住在桥边第三家，新油刷的一幢房子，全街的人都可以看见他交叉着腿，把脚放在狗背上，和他的女仆在打纸牌，吃的是酪饼水果，十点钟就上床睡了。他死的时候还穿着那件破大衣，没膝的泥，吃的是面包壳，脏得像一条熏鱼！

这位西班牙的诗人还算是幸运的，被人当作特务，在另一个国度里，这样一个形迹可疑的诗人可能成为特务的对象。

变戏法的总要念几句咒，故弄玄虚，增加他的神秘，诗人也不免几分江湖气，不是谪仙，就是鬼才，再不就是梦笔生花，总有几分阴阳怪气。外国诗人更厉害，作诗时能直接地祷求神助，好像是仙灵附体的样子。

一颗沙里看出一个世界，
一朵野花里看出一个天堂，
把无限抓在你的手掌里，
把永恒放进一刹那的时光。

若是没有一点慧根的人，能说出这样的鬼话么？你不懂？你是蠢才！你说你懂，你便可跻身于风雅之林，你究竟懂不懂，天知道。

大概每个人都曾经有过做诗人的一段经验。在“怨黄莺儿作对，怪粉蝶儿成双”的时节，看花谢也心惊，听猫叫也难过，诗就会来了，如枝头舒叶那么自然。但是入世稍深，渐渐煎熬成为一颗“煮硬了的蛋”，散文从门口进来，诗从窗口出去了。“嘴唇在不能亲吻的时候才肯唱歌。”一个人如果达到相当年龄，还不失赤子之心，经风吹雨打，方寸间还能诗意盎然，他是得天独厚，他是诗人。

诗不能卖钱，一首新诗，如拈断数根须即能脱稿，那成本还是轻的，怕的是像牡蛎肚里的一颗明珠，那本是一块病，经过多久的滋润涵养才能磨炼孕育成功，写出来到哪里去找顾主？诗不能给富人客厅里摆设做装潢，诗不能给广大的读者以娱乐。富人要的是字画珍玩，大众要的是小说戏剧，诗，短短一橛，充篇幅都不中用。诗是这样无用的东西，所以以诗为业的诗人，如果住在你的隔壁，自然是个笑话。将来在历史上能否就成为神圣，也很渺茫。

# 医生

医生是一种神圣的职业，因为他能解除人的痛苦，着手成春。有一个人，有点老毛病，常常发作，闹得死去活来，只要一听说延医，病就先去了八分，等到医生来到，霍然而愈。试脉搏心跳完全正常，医生只好愕然而退，延医的人真希望病人的痛苦稍延长些时。这是未着手就已成春的一例。可是医生一不小心，或是虽已小心而仍然犯错误，他随时也有机会减短人的寿命。据说庸医的药方可以辟鬼，比钟馗的像还灵，胆小的夜行人举着一张药方就可以通行无阻，因为鬼中有不少生前吃过那样药方的亏的，死后还是望而生畏。医生以济世活人为职志，事实上是掌握着生杀大权的。

说也奇怪，在舞台上医生大概总是由丑角扮演的。看过《老黄请医》的人总还记得那个医生的脸上是涂着一块粉的。在外国也是一样，在莫里哀或是拉毕施的笔下，医生也是令人啼笑皆非的人物。为什么医生这样的不受人尊敬呢？我常常纳闷。

大概人在健康的时候，总是把医药看作不祥之物，就是有点头晕脑热，也并不慌，保国粹者喝午时茶，通洋务者服阿司匹林，然后蒙头大睡，一汗而愈。谁也不愿常和医生交买卖。一旦病势转剧，伏枕哀鸣，深为造物小儿所苦，这时候就不能再忘记医生了。记得小时候家里延医，大驾一到，家人真是倒屣相迎，请入上座，捧茶献烟，环列伺候，毕恭毕敬。医生高踞上座并不谦让，吸过几十筒水烟，品过几盏茶，谈过了天气，叙过了家常，抱怨过了病家之多，此后才能开始他那一套望闻问切、君臣佐使。再倒茶，再装烟，再扯几句淡话(这时节可别忘了偷偷地把“马钱”送给车夫)，然后恭送如仪。我觉得那威风不小。可是奉若神明也只限于这一短短的时期，一俟病人霍然，医生也就被丢在一旁。至于登报鸣谢悬牌挂匾的事，我总是怀疑究竟是何方主使，我想事前总有一个协定。有一个病人住医院，一只脚已经伸进了棺木，在病人看来这是一件至关重要的事情。在医生看来这是常见的事，老实说医生心里也是很着急的，他不能露出着急的样子，病人的着急是不能隐藏的，于是许愿说如果病瘳要捐赠医院若干若干，等到病愈出院早把心愿抛到九霄云外，医生追问他时，他说：“我真说过这样的话吗？你看，当时我病得多厉害！”大概病人对医生没有多少好感，不病时以医生为不祥，既病则不能不委曲逢迎他，病好了，就把他一脚踢开，人是这样的忘恩负义的一种动物，有几个人能像 Androclus 遇见的那只狮子？所以医生以丑角的姿态在舞台上出现，正好替观众发泄那平时不便表示的积愤。

可是医生那一方面也有许多别扭的地方。他若是登广告，和颜悦色地招徕主顾，立刻有人挖苦他：“你们要找庸医吗，打开报纸一看便是。”所以他被迫采取一种防御姿势，要相当的傲岸。尽管门口鬼多人少，也得做出忙的样子。请他去看病，他不能去得太早，要你等得三催六请，像大旱之后云霓一般而出现。没法子，忙。你若是登门求治，挂号的号码总是第九十九号，虽然不至于拉上自己的太太小姐，坐在候诊室里来壮声势，总得摆出一种排场，令你觉得他忙，忙得不能和你多说一句话。好像是算命先生如果要细批流年需要卦金另议一般。不过也不能一概而论，医生也有健谈的，病人尽管愁眉苦脸，他能谈笑风生。我还知道一些工于应酬的医生，在行医之前，先行一套相法，把病人的身份打量一番，对什么样的人说什么样的话。明明是西医，他对一位老太婆也会说一套阴阳五行的伤寒论，对于愿留全尸的人他不坚持打针，对于怕伤元气的人他不用泻药。明明的不知病原所在，他也得撰出一篇相当的脉案的说明，不能说不知道，“你不知道就是你没有本事”，说错了病原总比说不出病原令出诊的人觉得不冤枉些。大概发烧即是火，咳嗽就是伤寒，有痰就是肺热，腰疼即是肾亏，大概总没有错。摸不清病原也要下药，医生不开方就不是医生，好在符箓一般的药方也不容易被病人辨认出来。因为种种情形的逼迫，医生不能不有一本生意经。

生意经最精的是兼营药业，诊所附设药房，开了方子立刻配药，几十个瓶子配来配去变化无穷，最大的成本是那盛药水的小瓶，收费言无二价。出诊的医生随身带着百宝箱，灵丹妙药一应俱全，更方便，连药剂师都自兼了。

天下是有不讲理的人，“医生医病不治命”，但是打医生摘匾的事却也常有。所以话要说在前头，芝麻大的病也要说得如火如荼不可轻视，病好了是他的功劳，病死了怪不得人。如果真的疑难大症撞上门来，第一步先得说明来治太晚，第二步要模棱地说如果不生变化可保无虞，第三步是姑投以某某药剂以观后果，第四步是敬谢不敏另请高明，或是更高明地给介绍到某某医院，其诀曰：“推。”

我并不责难医生。我觉得医生里面固然庸医不少，可是病人里的混虫也很多。有什么样子的病人就有什么样的医生，天造地设。

# 大学教授

有许多人，把所有的大学教授都看得很重，以为他们在品行上都是很清高的，在学问上更不消说。只要认清“博士”“硕士”的招牌，便不致误。其实这是误会。由这种误会还许产生出许多失望和悲剧。

大学教授是一种职业，比较得还算是赚钱的职业。要说干这种生意，也不容易。从小的时候，父母就要下本钱，由买石板粉笔以至于出洋旅费，纵然不致倾家荡产，也要元气大伤。学成之后，应该不难于立身扬名以显父母，设若遭逢非时，沦为大学教授，总算是屈尊俯就，很委屈了。

一般的人若是生来没有什么大毛病，谁愿意坐冷板凳？但是“得天下之英才，而教育之，一乐也！”而天下之英才往往不在一个学校，所以身为大学教授者，也就往往身兼数校教授，多多益善。这完全是热心服务，薪金多寡，倒是一件小事。以现代人的眼光论，谁要是一辈子做大学教授，谁就是没出息！他们以为大学教授本是升官发财的路上的驻足之所。所以肯长进的人，等到有官可做、有财可发的时候，区区教授，便视如敝屣了。

若有思想迂腐的人说：“先生，你这不是误人子弟吗？”他将回答说：“是的，是的，不过当初人家也是照样误我来的，否则我也不来做教授了！”

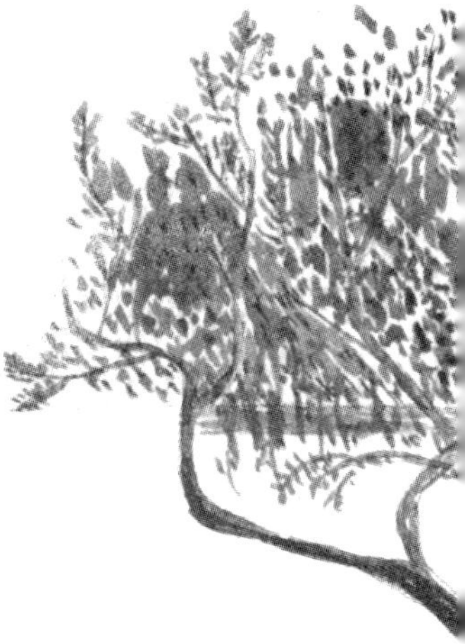

2

## 第二辑

# 岁月绵长，时光难再

人生总是苦乐参半，

需知其乐，忘其苦，明其心，苦其志。

如今我才明白，

人生的难过是永远和生命相关的，

从容，才是生活。

# 同学

同学，和同乡不同。只要是同一乡里的人，便有乡谊。同学则一定要有同窗共砚的经验，在一起读书，在一起淘气，在一起挨打，才能建立起一种亲切的交情，尤其是日后回忆起来，别有一番情趣。纵不曰十年窗下，至少三五年的聚首总是有的。从前书房狭小，需要大家挤在一个窗前，窗间也许着一鸡笼，所以书房又名曰鸡窗。至于梆硬死沉的砚台，大家共用一个，自然是经济合理。

自有学校以来，情形不一样了。动辄几十人一班，百多人一级，一批一批地毕业，像是蒸锅铺的馒头，一屉一屉地发售出去。他们是一个学校的毕业生，毕业的时间可能相差几十年。祖父和他的儿孙可能是同一学校毕业，但是不便称为同学。彼此相差个十年八年的，在同一学校里根本没有碰过头的人，只好勉强解嘲自称为先后同学了。

小时候的同学，几十年后还能知其下落的恐怕不多。我小学同班的同学二十余人，现在记得姓名的不过四五人。其中年龄较长身材最高的一位，我永远不能忘记，他脑后半长的头发用红头绳紧密扎起的小辫子，在脑后挺然翘起，像是一根小红萝卜。他善吹喇叭，毕业后投步军统领门当兵，在“堆子”前面站岗，拄着上刺刀的步枪，蛮神气的。有一位满脸疙瘩噜苏，大家送他一个绰号“小炸丸子”，人缘不好，偏爱惹事，有一天犯了众怒，几个人把他抬上讲台，按住了手脚，扯开他的裤带，每个人在他裤裆里吐一口唾液！我目睹这惊人的暴行，难过很久。又有一位好奇心强，见了什么东西都喜欢动手，有一天迟到，见了老师为实验热胀冷缩的原理刚烧过的一只铁球，过去一把抓起，大叫一声，手掌烫出一片的溜浆大泡。功课最好写字最工的一位，规行矩步，主任老师最赏识他，毕业后，于某大书店分行由学徒做到经理。再有一位由办事员做到某部司长。此外则人海茫茫，我就都不知其所终了。

有人成年之后怕看到小时候的同学，因为他可能看见过你一脖子泥，鼻涕过河往袖子上抹的那副脏相；他也许看见过你被罚站，打手板的那副窘相。他知道你最怕人知道你的乳名，不是“大和尚”就是“二秃子”，不是“栓子”就是“大柱子”，他会冷不防地在大庭广众之中猛喊你的乳名，使你脸红。不过我觉得这也没有什么不好。小时候嬉嬉闹闹，天真率直，那一段纯稚的光景已一去而不可复得，如果长大之后还能邂逅一两个总角之交，勾起童时的回忆，不也快慰生平吗？

我进了中学便住校，一住八年。同学之中有不少很要好的，友谊保持数十年不坠，也有因故翻了脸扭过脖子的。大多数只是在我心中留下一个面貌謦欬的影子。我那一级同学有八九十人，经过八年时间的淘汰过滤，毕业时仅得六七十人，而我现在记得姓名的约六十人。其中有早夭的；有因为一时糊涂顺手牵羊而被开除的；也有不知什么原故忽然辍学的；而这剩下的一批，毕业之后多年来天各一方，大概是“动如参与商”了。我三十八年来台湾，数同级的同学得十余人，我们还不时地杯酒聊欢，恰满一桌。席间，无所不谈。谈起有一位绰号“烧饼”，因为他的头扁而圆，取其形似。在体育馆中他翻双杠不慎跌落，旁边就有人高呼：“留神芝麻掉了！”烧饼早已不在，不死于抗战之时，而死于胜利之日，不死于敌人之手，而死于同胞之刀，谈起来大家无不欷歔。又谈起一位绰号“臭豆腐”，只因他上作文课，卷子上涂抹之处太多，东一团西一块的尽是墨猪，老师看了一皱眉头说：“你写的是什么字，漆黑一块块的，像臭豆腐似的！”哄堂大笑（北方的臭豆腐是黑色的，方方的小块），于是臭豆腐的绰号不胫而走。如今大家都做了祖父，这样的称呼不雅，同人公议，摘除其中的一个臭字，简称他为豆腐，直到如今。还有一位绰号叫“火车头”，因为他性偏急，出语如连珠炮，气咻咻，唾沫飞溅，做事横冲直撞，勇猛向前，所以赢得这样的一个绰号，抗战期间不幸死于日寇之手。我们在台的十几个同学，轮流做东，宴会了十几次，以后便一个个地凋谢，溃不成军，凑不起一桌了。

同学们一出校门，便各奔前程。因修习的科目不同，活动的范围自异。风云际会，拖青纡紫者有之；踵武陶朱，腰缠万贯者有之；有一技之长，出人头地者有之；而坐拥皋比，以至于吃不饱饿不死者亦有之。在校的时候，品学俱佳，头角峥嵘，以后未必有成就。所谓“小时了了，大未必佳”，确是不刊之论。不过一向为人卑鄙投机取巧之辈，以后无论如何翻云覆雨，也逃不过老同学的法眼。所以有些人回避老同学唯恐不及。

杜工部漂泊西南的时候，叹老嗟贫，咏出“同学少年多不贱，五陵衣马自轻肥”的句子。那个“自”字好不令人惨然！好像是衮衮诸公衣马轻肥，就是不管他“一家都在秋风里”。其实同学少年这一段交谊不攀也罢。“衣敝缊袍，与衣狐貉者立”，纵然不以为耻，可是免不了要看人的嘴脸。

# 想我的母亲

父母对子女的爱，子女对父母的爱，是神圣的。我写过一些杂忆的文字，不曾写过我的父母，因为关于这个题目我不敢轻易下笔。小民女士逼我写几句话，辞不获已，谨先略述二三小事以应，然已临文不胜风木之悲。

我的母亲姓沈，杭州人。世居城内上羊市街。我在幼时曾侍母归宁，时外祖母尚在，年近八十。外祖父入学后，没有更进一步的功名，但是课子女读书甚严。我的母亲教导我们读书启蒙，尝说起她小时苦读的情形。她同我的两位舅父一起冬夜读书，冷得腿脚僵冻，取大竹篓一，实以败絮，三个人伸足其中以取暖。我当时听得惕然心惊，遂不敢荒嬉。我的母亲来我家时年甫十八九，以后操持家务尽瘁终身，不复有暇进修。

我同胞兄弟姐妹十一人，母亲的劬育之劳可想而知。我记得我母亲常于百忙之中抽空给我们几个较小的孩子们洗澡。我怕肥皂水流到眼里，

父母的爱一

# 我的一位国文老师

我怕痒，总是躲躲闪闪，总是咯咯地笑个不住，母亲没有工夫和我们纠缠，随手一巴掌打在身上，边洗边打边笑。

北方的冬天冷，屋里虽然有火炉，睡时被褥还是凉似铁。尤其是钻进被窝之后，脖子后面透风，冷气顺着脊背吹了进来。我们几个孩子睡一个大炕，头朝外，一排四个被窝。母亲每晚看到我们钻进了被窝，叽叽喳喳地笑语不停，便过来把油灯吹熄，然后给我们一个个的把脖子后面的棉被塞紧，被窝立刻暖和起来，不知不觉地就睡着了。我不知道母亲用的什么手法，只知道她塞棉被带给我无可言说的温暖舒适，我至今想起来还是快乐的，可是那个感受不可复得了。

我从小不喜欢喧闹。祖父母生日照例院里搭台唱傀儡戏或滦州影。一过八点我便掉头而去进屋睡觉。母亲得暇便取出一个大簸箩，里面装的是针线剪尺一类的缝纫器材，她要做一下缝缝连连的工作，这时候我总是一声不响地偎在她的身旁，她赶我走我也不走，有时候竟睡着了。母亲说我乖，也说我孤僻。如今想想，一个人能有多少时间可以偎在母亲身旁?

在我的儿时记忆中，我母亲好像是没有时候睡觉。天亮就要起来，给我们梳小辫是一桩大事，一根一根地梳个没完。她自己要梳头，我记得她用一把抿子蘸着刨花水，把头发弄得锃光大亮。然后她要一听上房有动静便急忙前去当差。盖茶碗、燕窝、莲子、点心，都有人预备好了，但是需要她去双手捧着送到祖父母跟前，否则要儿媳妇做什么？在公婆面前，儿媳妇永远是站着的，没有座位的。足足地站几个钟头下来，不是缠足的女人怕也受不了！最苦的是，公婆年纪大，不过午夜不安歇，儿媳妇要跟着熬夜在一旁侍候。她困极了，有时候回到房里来不及脱衣服倒下便睡着了。虽然如此，母亲从来没有说过一句怨言。到了民元前几年，祖父母相继去世，我母亲才稍得清闲，然而主持家政教养儿女也够她劳苦的了。她抽暇隔几年返回杭州老家去度夏，有好几次都是由我随侍。

母亲爱她的家乡，在北京住了几十年，乡音不能完全改掉。我们常取笑她，例如，北京的“京”，她说成“金”，她有时也跟我们学，总是学不好，她自己也觉得好笑。我有时学着说杭州话，她说难听死了，像是门口儿卖笋尖的小贩说的话。

我想一般人都会同意，凡是自己母亲做的菜永远都是最好吃的。我的母亲平常不下厨房，但是她高兴的时候，尤其是父亲亲自到市场买回鱼鲜或其他南货的时候，在父亲特烦之下，她也欣然操起刀俎，这时候我们就有福了。我十四岁离家到清华，每星期回家一天，母亲就特别疼爱我，几乎很少例外地要亲自给我炒一盘冬笋木耳韭菜黄肉丝，起锅时浇一勺花雕酒，这是我最喜欢的一道菜。但是这一盘菜一定要母亲自己炒，别人炒味道就不一样了。

我母亲喜欢在高兴的时候喝几盅酒。冬天午后围炉的时候，她常要我们打电话到长发叫五斤花雕，绿釉瓦罐，口上罩着一张毛边纸，湿热了倒在茶杯里和我们共饮。下酒的是大落花生，若是有“抓空儿”的，买些干瘪的花生吃则更有味。我和两位姊姊陪母亲一顿吃完那一罐酒。后来我在四川独居无聊，一斤花生一罐茅台当晚饭，朋友们笑我吃“花酒”，其实是我母亲留下的作风。

我自从入了清华，以后和母亲在一起的时候就少了。抗战前后各有三年和母亲住在一起。母亲晚年喜欢听评剧，最常去的地方是吉祥，因为离家近，打个电话给卖飞票的，总有好的座位。我很后悔，我没能分出时间陪她听戏，只是由我的姊姊弟弟们陪她消遣。

我父亲曾对我说，我们的家所以成为一个家，我们几个孩子所以能成为人，全是靠了我母亲的辛劳维护。三十八年以后，音讯中断，直等到恢复联系，才知道母亲早已弃养，享寿九十岁。西俗，母亲节佩红康乃馨，如不确知母亲是否尚在则佩红白康乃馨各一。如今我只有佩白康乃馨的份了，养生送死，两俱有亏，惨痛惨痛！

# 父母的爱

父母的爱是天地间最伟大的爱。一个孩子，自从呱呱坠地，父母就开始爱他，鞠之育之，不辞劬劳。稍长，令之就学，督之课之，唯恐不逮。及其成人，男有室，女有归，虽云大事已毕，父母之爱罔未尝稍杀。父母的爱没有终期，而且无时或弛。父母的爱也没有差别，看着自己的孩子牙牙学语，无论是伶牙俐齿或笨嘴糊腮，都觉得可爱。眉清目秀的可爱，浓眉大眼的也可爱；天真活泼的可爱，调皮捣蛋的也可爱；聪颖的可爱，笨拙的也可爱；像阶前的芝兰玉树固然可爱，癞痢头儿子也未尝不可爱，只要是自己生的。甚至于孩子长大之后，陂行荡检，贻父母忧，父母除了骂他恨他之外还是对他保留一分相当的爱。

父母的爱是天生的，是自然的，如天降甘霖，霈然而莫之能御。是无条件的施与而不望报。父母子女之间的这一笔账是无从算起的。父母的鞠育之恩，子女想报也报不完，正如诗经《蓼莪》所说："父兮生我，母兮鞠我。拊我畜我，长我育我，顾我复我，出入腹我。欲报之德，昊天罔极。”父母之恩像天一般高一般大，如何能报得了！何况岁月不待人，父母也不能长在，像陆放翁的诗句“早岁已兴风木叹，余生永废蓼莪篇”正是人生长恨，千古同嗟！

古圣先贤，无不劝孝。其实孝也是人性的一部分，也是自然的，否则劝亦无大效。父母子女间的相互的情爱都是天生的。不但人类如此，一切有情莫不皆然。我不大敢信禽兽之中会有枭獍。

父母爱子女，子女不久长大也要变成为父母，也要爱其子女。所以父母之爱像是连锁一般，代代相续，传继不绝。《易》云：“天地之大德曰生。”维护人类生命之最大的，最原始的，最美妙的，最神秘的力量莫过于父母的爱。让我们来赞颂父母的爱！

# 我的一位国文老师

我在十八九岁的时候，遇见一位国文先生，他给我的印象最深，使我受益也最多，我至今不能忘记他。

先生姓徐，名镜澄，我们给他取的绰号是“徐老虎”，因为他凶。他的相貌很古怪，他的脑袋的轮廓是有棱有角的，很容易成为漫画的对象。头很尖，秃秃的，亮亮的，脸形却是方方的，扁扁的，有些像《聊斋志异》绘图中的夜叉的模样。他的鼻子眼睛嘴好像是过分地集中在脸上很小的一块区域里。他戴一副墨晶眼镜，银丝小镜框，这两块黑色便成了他脸上最显著的特征。我常给他画漫画，勾一个轮廓，中间点上两块椭圆形的黑块，便惟妙惟肖。他的身材高大，但是两肩总是耸得高高的。鼻尖有一些红，像酒糟的，鼻孔里藏着两筒清水鼻涕，不时地吸溜着，说一两句话就要用力地吸溜一声，有板有眼有节奏，也有时忘了吸溜，走了板眼，上唇上便亮晶晶地吊出两根玉箸，他用手背一抹。他常穿的是一件灰布长袍，好像是在给谁穿孝，袍子在整洁的阶段时我没有赶得上看见，余生也晚，我看见那袍子的时候即是油渍斑斑。他经常是仰着头，迈着八字步，两眼望青天，嘴撇得瓢儿似的。我很难得看见他笑，如果笑起来，是狞笑，样子更凶。

我的学校是很特殊的。上午的课全是用英语讲授，下午的课全是国语讲授。上午的课很严，三日一问，五日一考，不用功便被淘汰，下午的课稀松，成绩与毕业无关。所以每到下午上国文之类的课程，学生们便不踊跃，课堂上常是稀稀拉拉的不大上座，但教员用拿毛笔的姿势举着铅笔点名的时候，学生却个个都到了，因为一个学生不只答一声到。真到了的学生，一部分是从事午睡，微发鼾声；一部分看小说如《官场现形记》《玉梨魂》之类；一部分写“父母亲大人膝下”式的家书；一部分干脆瞪着大眼发呆，神游八表。有时候逗先生开玩笑。国文先生呢，大部分都是年高有德的，不是榜眼，就是探花，再不就是举人。他们授课不过是奉行公事，乐得敷敷衍衍。在这种糟糕的情形之下，徐老先生之所以凶，老是绷着脸，老是开口就骂人，我想大概是由于正当防卫吧。

有一天，先生大概是多喝了两盅，摇摇摆摆地进了课堂。这一堂是作文，他老先生拿起粉笔在黑板上写了两个字，题目尚未写完，当然照例要吸溜一下鼻涕。就在这吸溜之际，一位性急的同学发问了：“这题目怎样讲呀？”老先生转过身来，冷笑两声，勃然大怒：“题目还没有写完，写完了当然还要讲，没写完你为什么就要问？……”滔滔不绝地吼叫起来，大家都为之愕然。这时候我可按捺不住了。我一向是个上午捣乱下午安分的学生，我觉得现在受了无理的侮辱，我便挺身分辩了几句。这一下我可惹了祸，老先生把他的怒火都泼在我的头上了。他在讲台上来回地踱着，吸溜一下鼻涕，骂我一句，足足骂我了我一个钟头，其中警句甚多，我至今还记得这样的一句：

“你是什么东西？我一眼把你望到底！”

这一句颇为同学们所传诵。谁和我有点争论遇到纠缠不清的时候，都会引用这一句：“×××，你是什么东西？我一眼把你望到底！”当时我看形势不妙，也就没有再多说，让下课铃结束了先生的怒骂。

但是从这一次起，徐先生算是认识我了。酒醒之后，他给我批改作文特别详尽。批改之不足，还特别地当面加以解释，我这一个“一眼望到底”的学生，居然成为一个受益最多的学生了。

徐先生自己选辑教材，有古文，有白话，油印分发给大家。《林琴南致蔡孑民书》是他讲得最为眉飞色舞的一篇。此外如吴敬恒的《上下古今谈》，梁启超的《欧游心影录》，以及张东荪的《时事新报》社论，他也选了不少。这样新旧兼收的教材，在当时还是很难得的开通的榜样。我对于国文的兴趣因此而提高了不少。徐先生讲国文之前，先要介绍作者，而且介绍得很亲切。例如，他讲张东荪的文字时，便说：“张东荪这个人，我倒和他一桌上吃过饭……”这样的话是相当的可以使学生们吃惊的，吃惊的是，我们的国文先生也许不是一个平凡的人吧，否则怎样会能够和张东荪一桌上吃过饭！

徐先生于介绍作者之后，朗诵全文一遍。这一遍朗诵可很有意思。他打着江北的官腔，咬牙切齿地大声读一遍，不论是古文或白话，一字不苟地吟咏一番，好像是演员在背台词，他把文字里的蕴藏着的意义好像都给宣泄出来了。他念得有腔有调，有板有眼，有情感，有气势，有抑扬顿挫，我们听了之后，好像是已经领会到原文的意义的一半了。好文章掷地作金石声，那也许是过分夸张，但必须可以朗朗上口，那却是真的。

徐先生最独到的地方是改作文。普通的批语“清通”“尚可”“气盛言宜”，他是不用的。他最擅长的是用大墨杠子大勾大抹，一行一行地抹，整页整页地勾；洋洋千余言的文章，经他勾抹之后，所余无几了。我初次经此打击，很灰心，很觉得气短，我掏心挖肝地好容易诌出来的句子，轻轻地被他几杠子就给抹了。但是他郑重地给我解释一会儿，他说：“你拿了去细细地体味，你的原文是软趴趴的，冗长，懈啦咣唧的，我给你勾掉了一大半，你再读读看，原来的意思并没有失，但是笔笔都立起来了，虎虎有生气了。”我仔细一揣摩，果然。他的大墨杠子打得是地方，把虚泡囊肿的地方全削去了，剩下的全是筋骨。在这删削之间见出他的功夫。如果我以后写文章还能不多说废话，还能有一点点硬朗挺拔之气，还知道一点“割爱”的道理，就不能不归功于我这位老师的教诲。

徐先生教我许多作文的技巧。他告诉我："作文忌用过多的虚字。"该转的地方，硬转；该接的地方，硬接。文章便显着朴拙而有力。他告诉我，文章的起笔最难，要突兀矫健，要开门见山，要一针见血，才能引人入胜，不必兜圈子，不必说套语。他又告诉我，说理说至难解难分处，来一个譬喻，则一切纠缠不清的论难都迎刃而解了，何等经济，何等手腕！诸如此类的心得，他传授我不少，我至今受用。

我离开先生已将近五十年了，未曾与先生一通音讯，不知他云游何处，听说他已早归道山了。同学们偶尔还谈起"徐老虎"，我于回忆他的音容之余，不禁还怀着怅惘敬慕之意。

# 我在小学

我在六七岁的时候开始描红模子，念字号儿。所谓“红模子”就是红色的单张字帖，小孩子用毛笔蘸墨把红字涂黑即可。帖上的字不外是“上大人孔乙己化三千……”“一去二三里烟村四五家……”以及“王子去求仙丹成上九天……”之类。描红模子很容易描成墨猪，要练得一笔下去就横平竖直才算得功夫。所谓“字号儿”就是小方纸片，我父亲在每张纸片上写一个字，每天要我认几个字，逐日复习。后来书局印售成盒“看图识字”，一面是字，一面是画，就更有趣了，我们弟兄姊妹一大群，围坐在一张炕上的矮桌周边写字认字，有说有笑。有一次我一拱腿，把炕桌翻到地上去。母亲经常坐在炕沿上，一面做活计，一面看着我们，身边少不了一把炕笤帚，那笤帚若是倒握着在小小的脑袋上敲一记是很痛的。在那时体罚是最直截了当的教学法。

不久，我们住的内政部街西口内路北开了一个学堂，离我家只有四五个门。校门横楣有砖刻的五个福字，故称之为五福门。后院有一棵合欢树，俗称马缨花，落花满地，孩子们抢着拾起来玩，每天早晨谁先到校谁就可以捡到最好的花，我有早起的习惯，所以我总是拾得最多。有一天我一觉醒来，窗棂上有一格已经有了阳光，急得直哭，母亲匆忙给我梳小辫，打发我上学，不大工夫我就回转了，学堂尚未开门。在这学堂我学得了什么已不记得，只记得开学那一天，学生们都穿戴一色的缨帽呢靴站在院里，只见穿戴整齐的翎顶袍褂的提调学监们摇摇摆摆地走到前面，对着至圣先师孔子的牌位领导全体行三跪九叩礼。

在这个学堂里浑浑噩噩地过了一阵。不知怎么，这学校关门大吉。于是家里请了一位教师，贾文斌先生，字宪章，密云县人，口音有一点怯，是一名拔贡。我的二姐、大哥和我三个人在西院书房受教于这位老师。所用课本已经是新编的国文教科书，从“人、手、足、刀、尺”起，到“一人二手，开门见山”，以至于“司马光幼时……”。《三字经》《百家姓》《千字文》这一段就没有经历过。贾老师的教学法是传统的“念背打”三部曲，但是第三部“打”从未实行过。不过有一次我们惹得他生了大气，那是我背书时背不出来，二姐偷偷举起书本给我看，老师本来是背对着我们的，陡然回头撞见，气得满面通红，但是没有动用桌上放着的精工雕刻的一把戒尺。还有一次也是二姐惹出来的，书房有一座大钟，每天下午钟鸣四下就放学，我们时常暗自把时针向前拨快十来分钟。老师渐渐觉得座钟不大可靠，便利用太阳光照在窗纸上的阴影用朱笔画一道线，阴影没移到线上是不放学的。日久季节变换阴影的位置也跟着移动，朱笔线也就一条条地加多。二姐想到了一个方法，趁老师不在屋里替他加上一条线，果然我们提早放学了，试行几次之后又被老师发现，我们都受了一顿训斥。

辛亥革命前二年，我和大哥进了大鹁鸽市的陶氏学堂。陶是陶端方，在当时是清朝政府里的一位比较有知识的人，对于金石颇有研究，而且收藏甚富，历任要职，声势煊赫，还知道开办洋学堂，很难为他了。学堂之设主要是为教育他的家族子弟，因为他家人口众多，不过也附带着招收外面的学生，收费甚昂，故有贵族学堂之称。父亲要我们受新式教育，所以不惜学费负担投入当时公认最好的学校，事实上却大失所望。所谓新式的洋学堂，只是徒有其表。我在这学堂读了一年可以说什么也没有学到，除了让我认识了一些丑恶腐败的现象。

陶氏学堂是私立贵族学堂，陶氏子弟自成特殊阶级原无足异。但是有些现象却是令人难以置信的。陶氏子弟上课时随身携带老妈子，听讲之间可以唤老妈子外出买来一壶酸梅汤送到桌下慢慢饮用。听先生讲书，随时可以写个纸条，搓成一个纸团，丢到老师讲台上去，代替口头发问，老师不以为忤。陶氏子弟个个恣肆骄纵，横冲直撞，记得其中有一位名陶栻者，尤其飞扬跋扈。他们在课堂内外，成群地呼啸出入，动辄动手打人，大家为之侧目。

国文老师是一位南方人，已不记得他的姓名，教我们读《诗经》。他根据他的祖传秘方，教我们读，教我们背诵，就是不讲解，当然即使讲解也不是儿童所能领略的。他领头扯着嗓子喊“击鼓其镗”，我们全班跟着喊“击鼓其镗”，然后我们一句句地循声朗诵“踊跃用兵，土国城漕，我独南行”。他老先生喉咙哑了，便唤一位班长之类的学生代他吼叫。一首诗朗诵过几十遍，深深地记入在我们的脑子里，迄今有些诗我仍记得清清楚楚。脑子里记若干诗当然是好事，但是付了多大的代价！一部分童时宝贵的光阴是这样耗去的！

有趣的是体操一课。所谓体操，就是兵操。夏季制服是白帆布制的，草帽，白线袜，黑皂鞋。裤腿旁边各有一条红带，衣服上有黄铜纽扣。辫子则需盘起来扣在草帽底下。我的父母瞒着祖父母给我们做了制服，因为祖父母的见解是属于更老一代的，他们无法理解在家里没有丧事的时候孩子们可以穿白衣白裤。因此我们受到严重的警告，穿好操衣之后要罩上一件竹布大褂，白色裤脚管要高高地卷起来，才可以从屋里走到院里，下学回家时依然要偷偷摸摸溜到屋里赶快换装。在民元以前我平时没有穿过白布衣裤。

武昌起义，鼙鼓之声动地而来，随后端方遇害，陶氏学堂当然立即瓦解，陶氏子弟之在课堂内喝酸梅汤的那几位以后也不知下落如何了。这时节，祖父母相继逝世，父亲做了一件大事，全家剪小辫子。在剪辫子那一天，父亲对我们讲了一大套话，平素看的《大义觉迷录》《扬州十日记》供给他不少愤慨的资料。我们对于这污脏麻烦的辫子本来就十分厌恶，巴不得把它齐根剪去，但是在发动并州快剪之际，我们的二舅爹爹还忍不住泫然流涕。民国成立，薄海腾欢。第一任正式大总统项城袁世凯先生不愿到南京去就职，嗾使第三镇曹锟驻禄米仓部队于阴历正月十二日夜晚兵变，大烧大抢，平津人民遭殃者不计其数。我亦躬逢其盛。兵变过后很久，家里情形逐渐稳定，我才有机会进入公立第三小学。

公立第三小学在东城根新鲜胡同，是当时办得比较良好的学校，离我家又近，所以父亲决定要我和大哥投入该校。校长赫杏村先生，旗人，精明强干，声若洪钟。我和大哥都编入高小一年级，主任教师是周士菜先生，号香如，山西人，年纪不大，三十几岁，但是蓄了小胡子，道貌岸然。周先生是我真正的启蒙业师。他教我们国文、历史、地理、习字。他的教学方法非常认真负责。在史地方面于课本之外另编补充教材，每次上课之前密密匝匝地写满了两块大黑板，要我们抄写，月终呈缴核阅。例如，历史一科，鸿门之宴、垓下之围、淝水之战、安史之乱、黄袍加身、明末三案，诸如此类的史料都有比较详细的补充。材料很平常，可是他肯费心讲授，而且不占用上课时间去写黑板。对于习字一项，他特别注意。他用黑板槽里积存的粉笔屑，和水做泥，用笔蘸着写字在黑板上作为示范，灰泥干了之后显得特别的黑白分明，而且粗细停匀，笔意毕现，周老师的字属于柳公权一派，瘦劲方正。他要我们写得横平竖直，规规矩矩。同时他也没有忽略行草的书法，我们每人都备有一本草书千字文拓本，与楷书对照。我从此学得初步的草书写法，其中一部分终身未曾忘。大字之外还要写“白折子”，折子里面夹上一张乌丝格，作为练习小楷之用。他知道我们小学毕业之后能升学的不多，所以在此三年之内基础必须打好，而习字是基本技能之一。

周老师也还负起训育的责任，那时候训育叫作修身。我记得他特别注意生活上的小节，例如，纽扣是否扣好，头发是否梳齐，以及说话的腔调，走路的姿势，无一不加指点。他要求于我们的很多，谁的笔记本子折角卷角就要受申斥。我的课业本子永远不敢不保持整洁。老师本人即是一个榜样。他布衣布履，纤尘不染，走起路来目不斜视，迈大步昂首前进，几乎两步一丈。讲起话来和颜悦色，但是永无戏言。在我们心目中他几乎是一个完人。我父亲很敬重周老师的为人，在我们毕业之后特别请他到家里为我的弟弟妹妹补课多年，后来还请他租用我们的邻院作为我们的邻居。我的弟弟妹妹都受业于周老师，至少我们写的字都像是周老师的笔法。

小学有英文一课，事实上我进小学之前就已开始跟从父亲学习英文了。我父亲是同文馆第一期学生，所以懂些英文，庚子年乱起辍学的。小学的英文老师是王德先生，字仰臣。我们用的课本是《华英初阶》，教授的方法是由拼音开始，ba、be、bi、bo、bu，然后就是死背字句，记得第三课就有一句 Is he of us？“彼乃我辈中人否？”这一句我背得滚瓜烂熟。老师一提 Is he of us？我马上就回答出：“彼乃我辈中人否？”老师大为惊异，其实我在家里早已学过了。这样教学的方法使初学英文的人费时很多，但未养成初步的语言习惯，实在是精力的浪费。后来老师换了一位程洵先生，是一位日本留学生，有时穿着半身西装，英语发音也比较流利正确一些。我因为预先学过一些英文，所以在班上特感轻松，老师也特别嘉勉。临毕业时程老师送我一本原版的麦考莱《英国史》，这本书当时还不能看懂，后来却也变成对我有用的一本参考书。

体操老师锡福先生，字辅臣，旗人。他有一副苍老而沙哑的喉咙，喊起立正、稍息、枪上肩、枪放下的时候很是威风。排起队来我是末尾，排头的一位有我两个高。老师特别喜欢我们这一班，因为我们平常把枪

我在小学

疲马恋旧秣
羁禽思故栖
—

擦得亮，服装整齐一些，而且开正步的时候特别用力踏地作响，给老师增面子。学校在新鲜胡同东口路南，操场在西口路北，我们排队到操场去的时候精神抖擞，有时遇到操场上还有别班同学上操未散，我们便更着力操演，逼得其他各班只有木然呆立瞠目赞叹的份儿。半小时操后，时常是踢足球，操场不画线，竖起竹竿便是球门，一半人臂缠红布，笛声一响便踢起球来，高头大马横冲直撞，像我这样的只能退避三舍以免受伤。结果是鸣笛收队皆大欢喜。

我的算术，像“鸡兔同笼”一类的题目我认为是专门用来折磨孩子的，因为当时想鸡兔是不会同笼的，即使同笼亦无须又数头又数脚，一眼看上去就会知道是几只鸡几只兔。现在我当然明白，是我自己笨，怨不得谁。手工课也不容易应付，不是抟泥，就是削竹，最可怕的是编纸，用修脚刀把彩色纸画出线条，然后再用别种彩色纸条编织上去，真需要鬼斧神工，在这方面常常由我的大姐帮忙，教手工的老师患严重口吃，结结巴巴的惹人笑。教理化的李秉衡老师，保定府人，曾经表演氢二氧一变成水，水没有变出来，玻璃瓶炸得粉碎，但是有一次却变成功了。有一次表演冷缩热胀，一只烧得滚烫的钢珠，被一位多事的同学伸手抓了起来，烫得满手掌溜浆大泡。教唱歌的是一位时老师，他没有歌喉，但是会按风琴，他教我们唱的《春之花》我至今不能忘。

有一次远足是三年中一件大事。事先筹划了很久，决定目的地为东直门外的自来水厂。这一天特别起了个大早，晨曦未上就赶到了学校，大家啜柳叶汤果腹，柳叶汤就是细长菱形薄面片加菜煮成的一种平民食品，但这是学校里难得一遇的旷典，免费供应，大家都很高兴，有人连罄数碗。不知是谁出的主意，向步军统领衙门借了六位喇叭手，改着我们学校的制服，排在我们队伍前面开道，六只亮晶晶的喇叭上挂着红绸彩，嘀嘀嗒嗒地吹起来，招摇过市，好不威风！由新鲜胡同走到东直门外，有四五里之遥，往返将近十里。自来水厂没有什么可看的，虽然那庞大的水池水塔以前都没有见过。这是我第一次徒步走出北京城墙，有久困出柙之感。午间归来，两腿清酸。下次作文的题目是《远足记》，文章交卷此一盛举才算是功德圆满。

我们一班二十几人，如今音容笑貌尚存脑海者不及半数，姓名未忘者更是寥寥可数了。年龄最大身体最高的是一位名叫连祥的同学，在二十开外，浓眉大眼，膀大腰圆，吹喇叭踢足球都是好手，脑袋后面留着一根三寸多长的小辫，用红绳扎紧，挺然翘然地立在后脑勺子上，像是一根小红萝卜。听说他后来当步兵去了。一位功课好态度又最安详的是常禧，后来冠姓栾，他是我们的班长，周老师很器重他，后来听周老师说他在江西某处任商务印书馆分馆经理。还有岳廉识君，后来进了交通部。我们同学绝大部分都是贫寒子弟，毕业之后各奔东西，我所知道的有人投军，有人担筐卖杏，能升学的极少。我们在校的时候都相处得很好，有两种风气使我感到困惑。一个是喜欢打斗，动辄挥拳使绊，闹得桌翻椅倒。有一位同学长相不讨人喜欢，满脸疙瘩噜苏，绰号“小炸丸子”，他经常是几个好闹事的同学欺弄的对象，有多少次被抬到讲台桌上，手脚被人按住，有人扯下他的裤子，大家轮流在他的裤裆里吐一口痰！还有一位同学名叫马玉岐，因为宗教的关系饮食习惯与别人不同，几个不讲理的同学便使用武力强迫他吃下他们不吃的东西，经常要酿出事端。在这样尚武的环境之中，我小心翼翼，有时还不能免于受人欺凌。自卫的能力之养成，无论是斗智还是斗力，都需要实际体验，我相信我们的小学是很好的训练场所。另一件使我困惑的事是大家之口出秽言的习惯。有些人各自秉承家教，不只是“三字经”常挂在嘴边，高谈阔论起来其内容往往涉及“素女经”，而且有几位特别大胆的还不惜把他在家中所见所闻的实例不厌其详地描写出来。讲的人眉飞色舞，听的人津津有味。学校好几百人共用一个厕所，其环境之脏可想，但是有些同学们如厕之后其嘴巴比那环境还脏。所以我视如厕为畏途。性教育在一群孩子们中间自由传播，这种情形当时在公立小学尤甚，我是深深拜受其赐了。

我在第三小学读了三年，每天早晨和我哥哥步行到校，风雪无间。天气不好的时候要穿家中自制的带钉油鞋，手中举着雨伞，途中经常要遇到一只恶犬，多少要受到骚扰，最好的时候是适值它在安睡，我们就悄悄地溜过去了，那时我不明白为什么有人要养狗并且纵容它与人为难。内政部门口站岗和巡捕半醒半睡地拄着上刺刀的步枪靠在墙垛上，时常对我们颔首微笑，我们觉得受宠若惊，久之也搭讪着说两句话。出内政部街东口往北转，进入南小街子，无分晴雨永远有泥泞车辙，其深常在尺许。街边有羊肉床子，时常遇到宰羊，我们就驻足而视，看着绵羊一声不响地引颈就戮。羊肉包子的味道热腾腾地四溢。卖螺丝转儿油炸鬼的，卖甜浆粥的，卖烤白薯的，卖糖耳朵的，一路上左右皆是。再向东一转就进入新鲜胡同了，一眼可以望得见城墙根，常常看见有人提笼架鸟从那边蹓跶着走过来。这一段路给我的印象很深，二十多年后我再经过这条街则已变为坦平大道，面目全非，但是我还是怀念那久已不复存在的湫隘陋巷。我是在这些陋巷中长大的，这是我的故乡。

民国四年我毕业的时候，主管教育的京师学务局（局长为德彦）令饬举行会考，把所有各小学应届毕业的学生三数百人聚集在我们第三小学，考国文习字图画数科，名之曰观摩会，事关学校荣誉，大家都兴奋。国文试题记得是“诸生试各言尔志”，事有凑巧，这个题目我们以前做过，而且以前做的时候，好多同学都是说将来要“效命疆场，马革裹尸”。我其实并无意步武马援，但是我也摭拾了这两句豪语。事后听主考的人说：第三小学的一班学生有一半要“马革裹尸”，是佳话还是笑谈也就很难分辨了。我在打草稿的时候，一时兴起，使出了周老师所传授的草书千字文的笔法，写得虽然说不上龙飞蛇舞，却也自觉得得心应手，正赶上局长大人监考经过我的桌旁，看见我写得好大个的草书，留下了特别的印象。图画考的是自由画，我们一班最近画过一张松鹤图，记忆犹新，大家不约而同都依样葫芦，斜着一根松枝，上面立着一只振翅欲飞的仙鹤，章法不错。我本来喜欢图画，父亲给我的《芥子园画谱》也发生了作用，我所画的松鹤图总算是尽力为之了。榜发之后，我和哥哥以及栾常禧君都高居榜首，荣誉属于第三小学。我得到的奖品最多，是一张褒奖状，一部成亲王的巾箱帖，一个墨盒，一副笔架以及笔墨之类。

“小时了了，大未必佳”，如今想想这话颇有道理。

# 我的暑假是怎样过的

儿时英文作文教师喜欢出的作文题目之一，便是“我的暑假是怎样过的”。记得当时抓耳挠腮，搜索枯肠，窘困万状，但仍不得不凑出几百字塞责交卷。小孩子的暑假还有什么新鲜的过法？总不外吃喝玩乐。要撰文记述，自不免觉得枯涩乏味。现在我年近五十，仍操粉笔生涯，躬逢抗战胜利，又遇戡乱建国，今年暑假是怎样过去的，颇觉得有一点迷迷糊糊。眼看着就要开学，于是自动地给自己出下这样一个题目，择记几件小事，都平凡琐屑无比，并不惊人，总算给我的暑假做一结束。

暑假伊始，我本来是立有大志的，其规模虽然比不上什么三年计划五年计划之类，却也条举目张，要克期计功。现在加以清算，我的暑假作业怕是不能及格了。

推其原因，当然照例是“环境不良，心绪恶劣”八个字。其实环境也不算太不良，虽然每天清晨飞机一群擦着房檐过去，有时郊外隐闻炮声，还有时要在街头打死几个学生颁布戒严令，但是究竟从来没有炮弹碎片落在自己头上，这环境也可以算得是很安谧了。心绪确是近于恶劣，但也是自找，既无疾病缠绵，亦无断炊情事，如果稍微相信一点唯物论，大可以思想前进，绝无苦闷。可惜的是，自己隐隐然还有一颗心，外界的波澜不能不掀动内心的荡漾，极小的一件事也可以使人终日寡欢，所以工作成绩也就微小得不值一提了。

一放暑假，一群孩子背着铺盖卷回家，这是一厄！一家团聚，应该是一种享受天伦之乐的机会，但是凭空忽来壮丁就食，家庭收支立刻发现赤字，难以弥补。而赡养义务又是义不容辞的。这是颇费周章的一件事。可恨的是，孩子们既无杨朱的技能，又无颜回的操守，粗茶淡饭之后，一个个地唉声叹气，嚷着“嘴里要淡出鸟儿来”！在我这一方面，生活也大受干扰，好像是有一群流亡学生侵入住宅，吃起东西来像一队蝗虫，谈天说笑像是一塘青蛙，出出进进，熙熙攘攘，清早起来马桶永远有人占着座儿，衣服袜子书籍纸笔狼藉满屋好像是才遭洗劫，一张报纸揉得稀烂，彼此之间有时还要制造摩擦。饶这样，还不敢盼着暑假早日结束，暑假一终止，另一灾难到来，学杂膳宿，共二十七袋面！

还有一桩年年暑期里逃不脱的罪过。学校要招生。招生要监考，监考也不要紧，顶多是考生打翻墨水壶的时候你站远点，免得溅一腿，考生问“抄题不抄题”的时候使你恶心一下。考完要看卷子，看卷子也不要紧，捏着鼻子看，总有看完的一天，离奇的答案有时使人笑得肚子疼，离奇的试题有时使人不好意思笑出声来，都还有趣。最伤脑筋的是，招生之际总有几位亲友手提着两罐茶叶一筐水果登门拜访，扭扭捏捏地说孩子要考您那个大学您那个系，求您多多关照。好像那个学房铺是我开的似的！如果我开诚布公地对他说，我实在心有余而力不足，题目不是一个人出，卷子不是一个人看，其间还有密封暗码，最后还要开会公决，要想舞一点弊是几乎不可能的。这套话算是白说，他死也不信。“大家都是中国人，打什么官腔？”“你这是推托，干脆说不管好了，不够朋友！”“帮人一步忙，就怕树叶儿打了脑袋？”再说就更不好听了，“谁没有儿女？谁也保不住不求人。这点小事都不肯为力，‘房顶开门，六亲不认’！”如果我答应下来，榜发之时十有八九是名落孙山，没脸见人。这样的苦头我年年都要吃，一年一度，牢不可破，能推的推了，不能推的昧着良心答应下来，反正结果是得罪人。今年得高人指点，应付较为得宜。接受请托之际，还他一个模棱答案：“您老的事我还能不尽力？您真是太见外了。不过有一句话得说在前头。令郎的成绩若是差个一星半点的，十分八分的，兄弟有个小面子，这事算包在我身上了，准保能给取上，不过，若是差得太多，公事上可交代不下去，莫怪我力不从心。”对方听了觉得入情入理，一定满意。之后，对方还照例要来一封八行书，几回电话，一再叮咛，这都不慌。等到快发榜的前夕，可要把握时机，少不得要到学校里钻营一番，如果确知考取了，赶快在榜发之前至少十分钟打一电话给他老人家：“恭喜！令郎的成绩好，倒不是小弟的力量……”他一定认为是你的力量。他相信人情，面子。如果没有考取，不怕，也在发榜之前十分钟打一电话，虽然是噩耗，但能在发榜之前就得到消息，这人情是托到家了。事后再赶快抄一张他这位世兄的成绩表，“英文零分，数学两分，国文十五分……实在没有办法，抱歉之至！”这办法不得罪人。

还有更难应付的问题，一到暑假，正是“毕业即失业”的季候，年轻小伙子总觉得教书的先生许有点办法，于是前来登门拜谒，请求介绍职业。其实教书的先生正是因为在人事上毫无办法，所以才来教书，否则早就学优而仕了。所以每有学生一手持履历片，一手拿点什么小小的礼物之类，我一见便伤心不止从一处来，一面痛恨自己的不中用，一面惋惜来者之找错了人。

长夏无俚，难道没有一点赏心乐事？当然也有。晚饭后，瓜棚豆架（确切地说，今年我家瓜无棚豆无架，全是就地擦的），泡上一大壶酽茶，一家人分据几把破藤椅，乘凉闲话，直聊到星稀斗横风轻露重，然后贸贸然踱到屋里倒头便睡——这是一天里最快活的一段时间。白天就没有这样清闲，多少鸡毛蒜皮的琐碎事，多少语言无味面目可憎的人，把你的时间切得寸断，把你的心戳成马蜂窝！你休想安心，休想放心，休想专心，更休想开心！

有人主张暑假里到一个风景优美的地方去避暑，什么北戴河、青岛，都是好地方，至不济到郊外山上租几间屋子，也可暂避尘嚣。这种主张当然是非常正确，谁也不预备反驳。北戴河、青岛如今都不景气，而且离前线也太近，殊非养生之道，远不及莫干山、庐山。我今年避暑的所在，和几十年来的一样，是在红尘万丈火伞高张的城里，风景差一点，可是也并未中暑。

我的暑假就这样地过去了，好歹把孩子们打发上学了，明年的暑假能不能这样平安度过，谁知道？

# 记得当时年纪小

我十岁的时候进高小，北京朝阳门内南小街新鲜胡同京师公立第三小学校。越是小时候的事情，越是记得清楚。前几年一位无名氏先生寄我一张第三小学的大门口的照片，完全是七十多年前的样子，一点也没变。我看了之后，不知是欢喜还是惆怅，总之是别有一番滋味在心头。我猜想到这位无名氏先生是谁，他是我的第三小学的同学，虽然先后差了好几十年。我曾写过一篇小文《我在小学》，收在《秋室杂忆》里，提到教我唱歌的时老师。现在再谈谈我小时候唱歌的情形。

我的启蒙的第一首歌是《春之花》。调子我还记得，还能哼得上来，歌词却记不得了。头两句好像是："春光明媚好花开，如诗如画如锦绣。"唱歌是每周一小时，总在下午。摇铃前两名工友抬进教室一架小小的风琴，当时觉得风琴是很奇妙的东西，老师用两脚踏着两块板子，鼓动风箱，两手按键盘，其声呜呜然，成为各种调子。《春之花》的调子很简单，记得只有六句，重叠反复，其实只有三句，但是很好听。老师扯着沙哑的嗓音，先唱一遍，然后他唱一句，全班跟着唱一句，然后再全首唱一遍，全班跟着全首唱一遍。唱过三五遍，摇铃下课了，校工忙着把风琴抬出去。这风琴是一宝，各班共用，学生们不准碰一下的。

唱歌这一堂课最轻松，课前不要准备，扯着喉咙吼就行。老师也不点名，也不打分数考试。唱歌和手工课都是我们最欢迎的，而且老师都很和蔼。

有一首歌，调子我也记得，歌词记得几句，是这样开始的：

亚人应种亚洲田，
黄种应享黄海权，
青年，青年，
切莫同种自相残，
坐教欧美着先鞭！
不怕死，不爱钱，
丈夫决不受人怜。
……

这首歌声调比《春之花》雄壮，唱起来蛮有劲的，但是不大懂词的意义。是谁“同种相残”？这歌是日本人作的，还是中国人作的，用意何在？怎么又冒出“不怕死，不爱钱”的话？何谓“不受人怜”？老师不讲解，学生也不问，我一直糊涂至今。但是这首歌我忘不了。

还有所谓军歌，也是学生们喜欢学着唱的。当时有些军队驻扎在城里，东城根儿禄米仓就是一个兵营，一队队的兵常出来在大街小巷里快步慢步地走，一面走还一面唱。我是一放学就回家，不在街上打滚，所以很少遇到队伍唱歌，可是间接地也听熟了军歌的几个断片，如：

三国战将勇，
首推赵子龙，
长坂坡前逞英雄。
还有张翼德，
他奶奶的硬是凶，
哇啦哇啦吼两声，
吓退了百万兵。
……

歌词很粗浅，合于一般大兵的口味，也投小学生的喜爱，我常听同学们唱军歌，自己也不禁有时哼两句。

我十四岁进清华中等科，一年级还有音乐，好像是一种课外活动。教师是一位美国人 Miss Seeley，丰姿绰约，是清华园里出色的人物。她教我们唱歌，首先是唱校歌，校歌是英文字，也有中译，但是从来没有人用中文唱校歌。我不喜欢用英文唱校歌，所以至今我记不得怎样唱了。可是我小时嗓音好，调门高，经过测验就被选入幼年歌唱团，有一次还到城里青年会参加过公开演奏会。同班的应尚能有音乐天才，唱低音，那天在青年会他涂黑了脸饰一黑人，载歌载舞，口里唱着：

It's nice to get up
early in the morning,
but,it's nicer
to lie in bed.

满堂喝彩，掌声如雷，那盛况至今如在目前。我不久倒嗓喑哑不成声，遂对唱歌失去兴趣。有些同学喜欢星期日参加一些美国教师家里的查经班，于是 Onward Christian soldiers，Marching as to War... 之类的歌声洋洋乎盈耳。"一百零一首名歌"在清华园里也不时地荡漾起来。这皆非我之所好。我乃渐渐地成为兰姆所谓"没有耳朵的人"。

抗战时期，我已近中年，中年人还唱什么歌？寓处附近有小学，小学生的歌声不时地传送过来，像"起来，不愿做奴隶的人们"那首进行曲，听的回数太多了，没人教也会唱。还有一首歌我常听小学生们唱，我的印象很深：

张老三，我问你：
你的家乡在哪里？
我的家，在山西，

过河还有二十里。

张老三，我问你：

种田还是做生意？

这样的一问一答，张老三终于供出他是布商，而且囤积了不少布匹，盈得不少暴利，于是这首歌的最后几句是：

一大批，一大批，

囤积在家里。

你是坏东西，

你是该枪毙！

这首歌大概对于囤积居奇的奸商以及一般人士发生不小的影响。

抗战期间也有与抗战无关的歌大为流行。例如，《教我如何不想她》，虽说是模仿旧曲《四季相思》的意思，格调却是新的，抑扬顿挫，风靡一时。使我最难忘的是《记得当时年纪小》一首小歌，作者黄自是清华同学。我学唱这首歌是在一个温暖的季秋时节，在重庆南岸海棠山坡上，经朋友指点，反复唱了好几遍，事隔数十年，仍然萦绕在耳边。

上文发表后，引起几位读者兴趣，或来书指正，或予补充。

平群先生和刘清华先生分别告诉我《黄族应享黄海权》那首歌的全本是这样写的：

黄族应享黄海权，
亚人应种亚洲田。
青年，青年，
切莫同种自相残，
坐教欧美着先鞭。
不怕死，不爱钱，
丈夫决不受人怜。
纵洪水滔天，
只手挽狂澜，
方不负石盘铁砚，
后哲先贤！

我还是不大懂，教儿童唱这样的歌是什么意思。有一位来信说此歌是“九一八”以后日本人作的，我想恐怕不对，此歌流行甚早，“九一八”是二十多年后的事。不过我也疑心到此歌作者用心不善。小民女士来信补充了《三国战将勇》那首军歌的好几句，但是全文她也记不得了。

我最大的错误是关于《张老三》那首歌。杨坛先生来信说，《张老三》是抗战名曲《河边对口唱》，全文如下：

〔对唱〕

张老三，我问你，你的家乡在哪里？

我的家，在山西，过河还有三百里。

我问你，在家里，种田还是做生意？

拿锄头，耕田地，种的高粱和玉米。

为什么，到此地，河边流浪受孤凄？

痛心事，莫提起，家破人亡无消息。

张老三，莫伤悲，我的命运不如你。

为什么，王老七，你的家乡在何地？

在东北，做生意，家乡八年无消息。

这该说，我和你，都是有家不能回。

〔对唱〕

仇和恨，在心里，奔腾如同黄河水！

黄河边，定主意，咱们一同打回去！

为国家，当兵去，太行山上打游击！

从今后，我和你，一同打回老家去！

据杨先生说这歌曲是《黄河大合唱》中的一段，乃光未然（即张光年）作词，冼星海作曲，于民国二十八年在延安完成。显然不是我文中所谓打击囤积的奸商的歌，我之所以有此错误，乃因这不是我童年唱过的歌，而是后来听孩子们常唱的，其歌唱的调子又好像和那打击奸商的歌有些

清華園

旧

—

相近，所以我就把两个歌联在一起了。

我的女儿文蔷来信告诉我，打击奸商的歌她是唱过的，其歌词大概是这样的：

你、你、你、你这个坏东西，
世面上日常用品不够用，
你一大批，一大批，囤积在家里！
只为你，发财肥自己，
别人的痛苦你全不理，
你这坏东西，你这坏东西，
真是该枪毙！
嗨！你这坏东西！
嗨！你真该枪毙！
一九八六年十二月八日补记

一九八七年四月四日《中华日报》副刊王令娴女士一篇文章也提到《你这个坏东西》这首歌，记得更完全，如下：

你、你、你、
你这个坏东西！
市面上日常用品不够用哟，

你一大批，一大批，

囤积在家里。

只管你发财，肥了自己，

别人的痛苦，你是全不理。

坏东西，坏东西，

囤积居奇，捣乱金融，破坏抗战，

都是你！

你的罪名和汉奸一样的。

别人在抗战里，

出钱又出力唷！

只有你，整天地在钱上打主意。

想一想，你自己，

是要钱做什么呢！

到头来你一个钱也带不进棺材里。

你这个坏东西，

真是该枪毙！

嘿，你这个坏东西，

嘿！真是该枪毙！

# “疲马恋旧秣，羁禽思故栖”

“疲马恋旧秣，羁禽思故栖”是孟郊的句子，人与疲马羁禽无异，高飞远走，疲于津梁，不免怀念自己的旧家园。

我的老家在北平，是距今一百几十年前由我祖父所置的一所房子。坐落在东城相当热闹的地区，出胡同东口往北是东四牌楼，出胡同西口是南小街子。东四牌楼是四条大街的交叉口，所以商店林立，市容要比西城的西四牌楼繁盛得多。牌楼根儿底下靠右边有一家干果子铺，是我家投资开设的，领东的掌柜的姓任，山西人，父亲常在晚间带着我们几个孩子蹓跶着到那里小憩，掌柜的经常飨我们以汽水，用玻璃球做塞子的那种小瓶汽水，仰着脖子对着瓶口汩汩而饮之，还有从蜜饯缸里抓出来的蜜饯桃脯的一条条的皮子，当时我认为那是一大享受。南小街子可是又脏又臭又泥泞的一条路，我小时候每天必需走一段南小街去上学，时常在羊肉床子看宰羊，在切面铺买“干蹦儿”或糖火烧吃。胡同东口外斜对面就是灯市口，是较宽敞的一条街，在那里有当时唯一可以买到英文教科书《汉英初阶》及墨水钢笔的汉英图书馆，以后又添了一家郭纪云，路南还有一家小有名气的专卖卤虾、小菜、臭豆腐的店。往南走约十五分钟进金鱼胡同便是东安市场了。

我的家是一所不大不小的房子。地基比街道高得多，门前有四层石台阶，情形很突出，人称“高台阶”。原来门前还有左右分列的上马石凳，因妨碍交通而拆除了。门不大，黑漆红心，浮刻黑字“忠厚传家久，诗书继世长”，门框旁边木牌刻着“积善堂梁”四个字，那时人家常有堂号，例如，三槐堂王、百忍堂张，等等，积善堂梁出自何典我不知道。积善之家必有余庆，语见《易经》，总是勉人为善的好话，作为我们的堂号亦颇不恶。打开大门，里面是一间门洞，左右分列两条懒凳，从前大门在白昼是永远敞着的，谁都可以进来歇歇脚。一九一一年兵变之后才把大门关上，进了大门迎面是两块金砖镂刻的“戬穀”两个大字，戬穀一语出自诗经“俾尔戬穀”，戬是福，穀是禄，取其吉祥之意。前面放着一大缸水葱(正名为莞，音冠)，除了水冷成冰的时候总是绿油油的，长得非常旺盛。

向左转进四扇屏门，是前院，坐北朝南三间正房，中间一间辟为过厅，左右两间一为书房一为佛堂。辛亥革命前两年，我的祖父去世，佛堂取消，因为我父亲一向不喜求神拜佛，这间房子成了我的卧室，那间书房属于我的父亲，他整日价在里面摩挲他的那些有关金石学的书籍，前院的南边是临街的一排房，作为佣人的居室。前院的西边又是四扇屏门，里面是西跨院，两间北房由塾师居住，两间南房堆置书籍，后来改成了我的书房，小跨院种了四棵紫丁香，高逾墙外，春暖花开时满院芬芳。

走进过厅，出去又是一个院子，迎面是一个垂花门，门旁有四大盆石榴树，花开似火，结实大而且多。院里又有几棵梨树，后来砍伐改种四棵西府海棠。院子东头是厨房，绕过去一个月亮门通往东院，有一棵高庄柿子树，一棵黑枣树，年年收获累累。此外还有紫荆、榆叶梅，等等。我记得这个东院主要用途是摇煤球，年年秋后就要张罗摇煤球。要敷一冬天的使用，“煤黑子”把煤渣与黄土和在一起，加水，和成稀泥，平铺在地面，用铲子剁成小方粒，放在大簸箩里像滚元宵似的滚成圆球，然后摊在地上晒。这份手艺真不简单，我儿时常在一旁参观，十分欣赏，如遇天雨，还要急速动员抢救，否则化为一汪黑水全被冲走了。在那厨房里我是不受欢迎的，厨师嫌我们碍手碍脚，拉面的时候总是塞给我一团面教我走得远远的，我就玩那一团面，直玩到那团面像是一颗煤球为止。

进了垂花门便是内院，院当中是一个大鱼缸，一度养着金鱼，缸中还矗立着一座小型假山，山上有桥梁房舍之类。后来不知怎么水也涸了，假山也不见了，干脆作为堆置煤灰煤渣之处，一个鱼缸也有它的沧桑！东西厢房到夏天晒得厉害，虽有前廊也无济于事，幸有宽幅一丈以上的帐篷三块每天及时支起，略可遮抗骄阳。祖父逝后，内院建筑了固定的铅铁棚，棚中心设置了两扇活动的天窗，至是“天棚鱼缸石榴树……”乃初具规模。民元之际，家里的环境突然维新，一日之内小辫子剪掉了好几根，而且装上了庞然巨物，钉在墙上的“德律风”，号码是六八六，照明的工具原来都是油灯、猪蜡，只有我父亲看书时才能点白光熠熠的僧帽牌的洋蜡。煤油灯认为危险，一向抵制不用，至是里里外外装上了电灯，大放光明。还有两架电扇，西门子制造的，经常不准孩子们走近五尺距离以内，生怕削断了我们的手指。

内院上房三间，左右各有套间两间。祖父在的时候，他坐在炕上，隔着玻璃窗子外望，我们在院里跑都不敢跑。有一次我们几个孩子听见胡同里有“打糖锣儿的”的声音，一时忘形，蜂拥而出，祖父大吼：“跑什么？留神门牙！”打糖锣儿的乃是卖糖果的小贩，除了糖果之外兼卖廉价玩具、泥捏的小人、蜡烛台、小风筝、摔炮，花样很多，我母亲一律称之为“土筐货”。我们买了一些东西回来，祖父还坐在那里，唤我们进去。上房是我们非经呼唤不能进去的，而且是一经呼唤便非进去不可的。我们战战兢兢地鱼贯而入，他指着我问：“你手里拿着什么？”我说：“糖。”“什么糖？”我递出了手指粗细的两根，一支黑的，一支白的。我解释说：“这黑的，我们取名为狗屎橛；这白的为猫屎橛。”实则那黑的是杏干做的，白的是柿霜糖。祖父笑着接过去，一支咬一口尝尝，连说：“不错，不错。”他要我们下次买的时候也给他买两支，我们奉了圣旨，下次听到糖锣儿一响，一拥而出，站在院子里大叫：“爷爷，你吃猫屎橛，还是吃狗屎橛？”爷爷会立即答腔：“我吃猫屎橛！”这是我所记得的与祖父建立密切关系的开始。

父母带着我们孩子住西厢房，我同胞一共十一个，我记事的时候已经有四个，姊妹兄弟四个孩子睡一个大炕，好热闹。尤其是到了冬天，白天玩不够，夜晚钻进被窝齐头睡在炕上还是吱吱喳喳笑话不休。母亲走过来巡视，把每个孩子脖梗子后面的棉被塞紧，使不透风，我感觉得异常的舒适温暖，便怡然入睡了。我活到如今，夜晚睡时脖梗子后面透凉气，便想到母亲当年那一份爱抚的可贵。母亲打发我们睡后还有她的工作，她需要去伺候公婆的茶水点心，直到午夜。她要黎明即起，张罗我们梳洗。她很少睡觉的时间。可是等到“多年的媳妇熬成婆”，这情形又周而复始，于是女性惨矣！

大家庭的膳食是有严格规律的，祖父母吃小锅饭，父母和孩子吃普通饭，男女仆人吃大锅饭，只有吃煮饽饽吃热汤面是例外。我们北方人，饭桌上没有鱼虾，烩虾仁、溜鱼片是馆子里的菜，只有春夏之交黄鱼、大头鱼相继进入旺季，全家才能大快朵颐，每人可以分到一整尾。秋风起，要吃一两回铛爆羊肉，牛肉是永远不进家门的，院子里升起一大红泥火炉的熊熊炭火，有时也用柴，噼噼啪啪地响，铛上肉香四溢，颇为别致。秋高蟹肥，当然也少不了几回持螯把酒。平时吃的饭是标准的家常饭，到了特别的吉庆之日，看祖父母的高兴，说不定就有整只烤猪或是烧鸭之类的犒劳。祖父母的小锅饭也没有什么了不起，也不过是爆羊肉、烧茄子、焖扁豆之类，不过是细切细做而已。我记得祖父母进膳时，有时看到我们在院里拍皮球便喊我们进去，教我们张开嘴巴，用筷子夹起半肥半瘦的羊肉片往嘴里塞，我们实在不欣赏肥肉，闭着嘴跑到外面就吐。

祖父有时候吃得高兴，便教“跑上房的”小厮把厨子唤来，隔着窗子对他说：“你今天的爆羊肉做得好，赏钱两吊！”厨子在院中慌忙屈腿请安，连声谢谢，我觉得很好笑。我祖母天天要吃燕窝，夜晚由老张妈戴上老花眼镜坐在门旮旯儿弓着腰驼着背摘燕窝上的细茸毛，好可怜！一清早放在一个薄铫儿里在小炉子上煨。官燕木盒子是我们的，黑漆金饰，很好玩。

我母亲从来不下厨房，可是经我父亲特请，并且亲自买回鱼鲜笋蕈之类，母亲亲操刀砧，做出来的菜硬是不同。我十四岁进了清华学校，每星期只准回家一次，除去途中往返，在家只有一顿午饭从容的时间。母亲怜爱我，总是亲自给我特备一道菜，她知道我爱吃什么，时常是一大盘肉丝韭黄加冬笋木耳丝，临起锅加一大勺花雕酒——菜的香，母的爱，现在回忆起来不禁涎欲滴而泪欲垂！

我生在西厢房，长在西厢房，回忆儿时生活大半在西厢房的那个大炕上。炕上有个被窝垛，由被褥堆垛起来的，十床八床被褥可以堆得很高，我们爬上爬下以为戏，直到把被窝垛压到连人带被一齐滚落下来然后已。炕上有个炕桌，那是我们启蒙时写读的所在。我同哥姐四个人，盘腿落脚地坐在炕上，或是把腿伸到桌底下，夜晚靠一盏油灯，三根灯草，描红模子，写大字，或是朗诵“一老人，入市中，买鱼两尾，步行回家”。我会满怀疑虑地问父亲：“为什么他买鱼两尾就不许他回家？”惹得一家大笑。有一回我们围着炕桌夜读，我两腿清酸，一时忘形把膝头一拱，哗啦啦一声炕桌滑落地上，油灯墨盒泼洒得一塌糊涂。母亲有时督促我们用功，不准我们淘气，手里握着笤帚疙瘩或是掸子把儿，作威吓状，可是从来没有施行过体罚。这西厢房就是我的窝，夙兴夜寐，没有一个地方比这个窝更为舒适。虽然前面有廊檐而后面无窗，上支下摘的旧式房屋就是这样的通风欠佳。我从小就是喜欢早起早睡，祖父生日有时叫一台“托偶戏”在院中上演，有时候是滦州影戏，唱的无非是什么《盘丝洞》《走鼓沾棉》《三娘教子》《武家坡》之类。大锣大鼓，尖声细嗓，我吃不消，我依然是按时回房睡觉，大家目我为落落寡合的怪物。可是影戏里有一个角色我至今不忘，那就是每出戏完毕之后上来叩谢赏钱的那个小丑，满身袍褂靴帽而脑后翘着一根小辫，跪下来磕三个响头，有人用惊堂木配合着用力敲三下，“砰砰砰”，清脆可听，我所以对这个角色发生兴趣，是因为他滑稽，同时代表那种只为贪图一吊两吊的小利就不惜卑躬屈节向人磕头的奴才相。这种奴才相在人间世里到处皆是。

小时过年固然热闹，快意之事也不太多。除夕满院子洒上芝麻秸，踩上去喀吱喀吱响，一乐也；宫灯、纱灯、牛角灯全部出笼，而孩子们也奉准每人提一只纸糊的“气死风”，二乐也；大开赌戒，可以掷状元红，呼卢喝雉，难得放肆，三乐也。但是在另一方面，年菜年年如是，大量制造，等于是天天吃剩菜，几顿煮饽饽吃得人倒尽胃口。杂拌儿么，不管粗细，都少不了尘埃细沙杂拌其间，吃到嘴里牙碜。撤供下来的蜜供也是罩上了薄薄一层香灰。压岁钱则一律塞进“扑满”，永远没满过，也永远没扑过，后来不知到哪里去了。天寒地冻，无处可玩，街上店铺家家闭户，里面不成腔调的锣鼓点儿此起彼落。厂甸儿能挤死人，为了“喝豆汁儿，就咸菜儿，琉璃喇叭大沙雁儿”，真犯不着。过年最使人窝心的事莫过于挨门去给长辈拜年，其中颇有些位只是年龄比我长些。最可恼的是有时候主人并不挡驾而教你进入厅堂朝上磕头，从门帘后面蓦地钻出一个不三不四的老妈妈，“哟，瞧这家的哥儿长得可出息啦！”辛亥革命以后我们家里不再有这些繁文缛节。

还有一个后院，四四方方的，相当宽绰。正中央有一棵两人合抱的大榆树。后边有榆(余)取其吉利。凡事要留有余，不可尽，是我们民族特性之一。这棵榆树不但高大而且枝干繁茂，其圆如盖，遮满了整个院子。但是不可以坐在下面乘凉，因为上面有无数的红毛绿毛的毛虫，不时地落下来，咕咕嚷嚷的惹人嫌。榆树下面有一个葡萄架，近根处埋一两只死猫，年年葡萄丰收，长长的马乳葡萄。此外靠边还有香椿一、花椒一、嘎嘎儿枣一。每逢春暮，榆树开花结荚，名为榆钱。榆荚纷纷落下时，谓之“榆荚雨”(见《荆楚岁时记》)。施肩吾《戏咏榆荚》诗：“风吹榆钱落如雨，绕林绕屋来不住。”我们北方人生活清苦，遇到榆荚成雨时就要吃一顿榆钱糕。名为糕，实则捡榆钱洗净，和以小米面或棒子面，上锅蒸熟，舀取碗内，加酱油醋麻油及切成段的葱白葱叶而食之。我家每做榆钱糕成，全家上下聚在院里，站在阶前分而食之。比《帝京景物略》所说“四月榆初钱，面和糖蒸食之”，还要简省。仆人吃过一碗两碗之后，照例要请安道谢而退。我的大哥有一次不知怎的心血来潮，吃完之后也走到祖母跟前，屈下一条腿深深请了个安，并且说了一声“谢谢您！”祖母勃然大怒，“好哇！你把我当作什么人……”气得几乎晕厥过去。父亲迫于形势，只好使用家法了。从墙上取下一根藤马鞭，高高举起，轻轻落下，一五一十地打在我哥哥的屁股上，我本想跟进请安道谢，幸而免，吓得半死。从此我见了偷钱就恶心，对于无理的专制与压迫在幼小时就有了认识。后院东边有个小院，北房三间，南房一间，其间有一口井。井水是苦的，只可汲来洗衣洗菜，但是另有妙用，夏季把西瓜系下去，隔夜取出，透心凉。

想起这栋旧家宅，顺便想起若干儿时事。如今隔了半个多世纪，房子一定是面目全非了。其实人也不复是当年的模样，纵使我能回去，探视旧居，恐怕我将认不得房子，而房子恐怕也认不得我了。

# 清华八年

## 一

我自民国四年进清华学校读书，民国十二年毕业，整整八年的工夫在清华园里度过。人的一生没有几个八年，何况是正在宝贵的青春？四十多年前的事，现在回想已经有些模糊，如梦如烟，但是较为凸出的印象则尚未磨灭。有人说，人在开始喜欢回忆的时候便是开始老的时候。我现在开始回忆了。

民国四年，我十四岁，在北京新鲜胡同京师公立第三小学毕业，我的父亲接受朋友的劝告要我投考清华学校。这是一个重大的决定，因为这个学校远在郊外，我是一个古老的家庭中长大的孩子，从来没有独自在街头闯荡过，这时候要捆起铺盖到一个陌生的地方去住，不是一件平常的事。而且在这个学校经过八年之后便要漂洋过海离乡背井到新大陆去负笈求学，更是难以设想的事。所以父亲这一决定下来，母亲急得直哭。

清华学校在那时候尚不大引人注意。学校的创立乃是由于民国纪元前四年美国老罗斯福总统决定退还庚子赔款半数指定用于教育用途，意思是好的，但是带着深刻的国耻的意味。所以这学校的学制特殊，事实上是留美预备学校，不由教育部管理，校长由外交部派。每年招考学生的名额，按照各省分担的庚子赔款的比例分配。我原籍浙江杭县，本应到杭州去应试，往返太费事，而且我家寄居北京很久，也可算是北京的人家。为了取得法定的根据起见，我父亲特赴京兆大兴县署办入籍手续，得到准许备案，我才到天津（当时直隶省会）省长公署报名。我的籍贯从此确定为京兆大兴县，即北京。北京东城属大兴，西城属宛平。

那一年直隶省分配名额为五名，报名应试的大概是三十几个人，初试结果取十名，复试再进选五名。复试由省长朱家宝亲自主持，此公夙来喜欢事必躬亲，不愿假手他人，居恒有一颗闲章，文曰：“官要自作”。我获得初试入选的通知以后就到天津去谒见省长。十四岁的孩子几曾到过官署？大门口的站班的衙役一声吆喝，吓我一大跳，只见门内左右站着几个穿宽袍大褂的衙役垂手肃立，我逡巡走近二门，又是一声吆喝，然后进入大厅。十个孩子都到齐，有人出来点名。静静地等了一刻钟，一位面团团的老者微笑着踱了出来，从容不迫地抽起水烟袋，逐个地盘问我们几句话，无非是姓甚、名谁、几岁、什么属相之类的谈话。然后我们围桌而坐，各有毛笔纸张放在面前，写一篇作文，题目是“孝悌为人之本”。这个题目我好像从前作过，于是不加思索援笔立就，总之是一些陈词滥调。

过后不久榜发，榜上有名的除我之外有吴卓、安绍芸、梅贻宝及一位未及入学即行病逝的应某。考取学校总是幸运的事，虽然那时候我自己以及一般人并不怎样珍视这样的一个机会。

就是这样我和清华结下了八年的缘分。

二

八月末，北京已是初秋天气，我带着铺盖到清华去报到，出家门时母亲直哭，我心里也很难过。我以后读英诗人 Cowper 的传记时之特别同情他，即是因为我自己深切体验到一个幼小的心灵在离开父母出外读书时的那种滋味——说是“第二次断奶”实在不为过。第一次断奶，固然苦痛，但那是在孩提时代，尚不懂事，没有人能回忆自己断奶时的懊恼。第二次断奶就不然了，从父母身边把自己扯开，在心里需要一点气力，而且少不了一阵辛酸。

清华园在北京西郊的海淀的东北。出西直门走上一条漫长的马路，沿途有几处步兵统领衙门的“堆子”，清道夫一铲一铲地在道上洒黄土，一勺一勺地在道上泼清水。路的两旁是铺石的路专给套马的大敞车走的。最不能忘的是路边的官柳，是真正的垂杨柳，好几丈高的丫杈古木，在春天一片鹅黄，真是柳眼挑金。更动人的时节是在秋后，柳丝飘拂到人的脸上，一阵阵的蝉噪，夕阳古道，情景幽绝。我初上这条大道，离开温暖的家，走上一个新的环境，心里不知是什么滋味。

海淀是一小乡镇，过仁和酒店微闻酒香，那一家的茵陈酒莲花白是有名的，再过去不远有一个小石桥，左转去颐和园，右转经圆明园遗址，再过去就是清华园了。清华园原是清室某亲贵的花园，大门上“清华园”三字是大学士那桐题的，门并不大，有两扇铁栅，门内左边有一棵状如华盖的老松，斜倚有态，门前小桥流水，桥头上经常系着几匹小毛驴。

园里谈不到什么景致，不过非常整洁，绿草如茵，校舍十分简朴但是一尘不染。原来的一点点中国式的园林点缀保存在“工字厅”“古月堂”，尤其是工字厅后面的荷花池，徘徊池畔，有“风来荷气，人在木阴”之致。塘坳有亭翼然，旁有巨钟为报时之用。池畔松柏参天，厅后匾额上的“水木清华”四字确是当之无愧。又有长联一副：“槛外山光，历春夏秋冬，万千变幻，都非凡境；窗中云影，任东西南北，去来澹荡，洵是仙居。”（祁寯藻书）我在这个地方不知消磨了多少黄昏。

西园榛莽未除，一片芦蒿，但是登土山西望，圆明园的断垣残石历历可见，俯仰苍茫，别饶野趣。我记得有一次郁达夫特来访问，央我陪他到圆明园去凭吊遗迹，除了那一堆石头什么也看不见了，所谓“万园之园”的四十美景只好参考后人画图于想象中得之。

## 三

清华分高等科、中等科两部分，刚入校的便是中等科的一年级生。中等四年，高等四年，毕业后送到美国去，这两部分是隔离的，食宿教室均不在一起。

学生们是来自各省的，而且是很平均地代表着各省。因此各省的方言都可以听到，我不相信除了清华之外有任何一个学校其学生籍贯是如此的复杂。有些从广东、福建来的，方言特殊，起初与外人交谈不无困难，不过年轻的人学语迅速，稍后亦可适应。由于方言不同，同乡的观念容易加强，虽无同乡会的组织，事实上一省的同乡自成一个集团。我是北京人，我说国语，大家都学着说国语，所以我没有方言，因此我也就没有同乡观念。如果我可以算得是北京土著，像我这样的土著，清华一共没有几个（原籍满族的陶世杰，原籍蒙族的杨宗瀚都可以算是真正的北京人）。北京也有北京的土语，但是从这时候起我就和各个不同省籍的同学交往，我只好抛弃了我的土语的成分，养成使用较为普通的国语的习惯。我一向不参加同乡会之类的组织，同时我也没有浓厚的乡土观念，因为我在这样的环境有过八年的熏陶，凡是中国人都是我的同乡。

一天夜里下大雪。黎明时同屋的一位广东同学大惊小怪地叫了起来，“下雪啦！下雪啦！”别的寝室的广东同学也出来奔走相告，一个个从箱里取出羊皮袍穿上，但是里面穿的是单布裤子！

猫的故事

一

# 与动物为友 一

有一位从厦门来的同学，因为言语不通没人可以交谈，孤独郁闷而精神失常，整天用英语喊叫“我要回家！我要回家！”高等科有一位是他的同乡，但是不能时常来陪伴他。结果这位可怜的孩子被遣送回家了。

我是比较幸运的，每逢星期日我缴上一封家长的信便可获准出校返家。骑驴抄小径，经过大钟寺，到西直门，或是坐一小时的人力车遵大道进城。在家里吃一顿午饭，不大工夫夕阳西下又该回学校去了。回家的手续是在星期六晚办妥的，领一个写着姓名的黑木牌，第二天交到看守大门的一位张姓老头儿的手里，才得出门。平常是不准越大门一步的。但是高等科的同学们，和张老头打个招呼，也可以出门走走，买点什么鸭梨、柿子、烤白薯之类的东西。

新生是一群孩子，我这一班里以项君为最矮小，有一回他掉在一只大尿桶里几乎淹死。二三十年后我在天津遇到他，他已经任一个银行的经理，还是那么高，想起往事不禁发出会心的微笑。

新生的管理是很严格的。斋务主任陈筱田先生是个了不起的人物，天津人，说话干脆而尖刻，精神饱满，认真负责。学生都编有学号，我在中等科时是五八一，在高等科时是一四九，我毕业后十几年在南京车站偶然遇到他，他还能随口说出我的学号。每天早晨七点打起床钟，赴盥洗室，每人的手巾脸盆都写上号码，脏了要罚。七点二十分吃早饭，四碟咸菜如萝卜干、八宝菜之类，每人三个馒头，稀饭不限。饭桌上，也有各人的学号，缺席就要记下处罚。脸可以不洗，早饭不能不去吃。陈先生常常躲在门后，拿着纸笔把迟到的一一记下，专写学号，一个也漏不掉。我从小就有早起的习惯，永远在打钟以前很久就起床，所以从不误吃早饭。

学生有久久不写平安家信以致家长向学校查询者，因此学校规定每两星期必须写家信一封，交斋务室登记寄出。我每星期回家一次，应免此一举，但格于规定仍须照办。我父亲说这是很好的练习小楷的机会，特为我在荣宝斋印制了宣纸的信笺，要我恭楷写信，年终汇订成册，留作纪念。

学生身上不许带钱，钱要存在学校银行里，平常的零用钱可以存少许在身上，但一角钱一分钱都要记账，而且是新式簿记，有明细账，有资产负债对照表，月底结算完竣要呈送斋务室备核盖印然后发还。在学校用钱的机会很少，伙食本来是免费的，我入校的那一年才开始收半费，每月伙食是六元半，我交三元，在我以后就是交全费的了，洗衣服每月二元，这都是在开学时交清了的。理发每次一角，技术不高明，设备也简陋，有一样好处——快，十分钟连揪带拔一定完工（我的朋友张心一来自甘肃，认为一角钱太贵，总是自剃光头，青白油亮，只是偶带刀痕）。所以花钱只是买零食。校内有一个地方卖日用品及食物，起初名为嘉华公司，后改称为售品所，卖豆浆、点心、冰激凌、花生、栗子之类。只有在寝室里可以吃东西，在路上走的时候吃东西是被禁止的。

洗澡的设备很简单，用的是铅铁桶，由工友担冷热水。孩子们很多不喜欢亲近水和肥皂，于是洗澡便需要签名，以备查核。规定一星期洗澡至少两次，这要求并不过分，可是还是有人只签名而不洗澡。照规定一星期不洗澡予以警告，若仍不洗澡则在星期五下午四时周会（名为伦理演讲）时公布姓名，若仍不洗澡则强制执行派员监视。以我所知，这规则尚不曾施行过。

看小说也在禁止之列，小说是所谓“闲书”，据说是为成年人消遣之用，不是诲淫就是诲盗，年青人血气未定，看了要出乱子的。可是像《水浒》《红楼》之类我早就在家里看过，也是偷着看的，看到妙处心里确是怦怦然。

我到清华之后，经朋友指点，海淀有一家小书店可以买到石印小字的各种小说。我顺便去了一看，琳琅满目，如入宝山，于是买了一部《绿牡丹》。有一天晚上躺在床上偷看，字小，纸光，灯暗，倦极抛卷而眠，翌晨起来就忘记从枕下捡起，斋务先生查寝室，伸手一摸就拿走了。当天就有条子送来，要我去回话，我还不知道是什么事。只见陈先生铁青着脸，把那本《绿牡丹》往我面前一丢，说：“这是嘛？”“嘛”者天津话“什么”也。我的热血涌到脸上，无话可说，准备接受打击。也许是因为我是初犯，而且并无其他前科，也许是因为我诚惶诚恐俯首认罪，使得惩罚者消了不少怒意，我居然除了受几声叱责及查获禁书被没收之外没有受到惩罚。依法，这种罪过是要处分的，应于星期六下午大家自由活动之际被罚禁闭，地点在“思过室”。这种处分是最轻微的处分，在思过室里静坐几小时，屋里壁上满挂着格言，所谓“闭门思过”。凡是受过此等处分的，就算是有了记录，休想再能获得品行优良奖的大铜墨盒。我没进过思过室，可是也从来没有得过大铜墨盒，可能是受了《绿牡丹》事件的影响。我们对于得过墨盒的同学们既不嫉妒亦不羡慕，因为人人心里明白那个墨盒的代价是什么，并且事后证明墨盒的得主将来都变成了什么样的角色。

思过是要牌示的，若干次思过等于记一小过，三小过为一大过，三大过则恶贯满盈施行开除。记过开除之事在清华随时有之，有时候一向品学兼优的学生亦不能免于记过。比我高一班的潘光旦曾告诉我他就被记小过一次，事由是他在严寒冬夜不敢外出如厕。就在寝室门外便宜行事，事有凑巧，陈斋务主任正好深夜巡查，迎面相值当场查获，当时未交一语，翌日挂牌记过。光旦认为这是很有趣的一件事，从不讳言。中等科的厕所（绰号九间楼）在夜晚是没有人敢去的，面临操场，一片寂寥，加上狂风怒吼，孩子们是有一点怕。最严重的罪过是偷窃，一经破获，立刻开除，有时候拿了人家的一本字典或是拿了人家一匹夏布，都要受最严重的处分，趁上课时关扃寝室通路，翻箱倒箧施行突检，大概没有窃案不被破获的，虽然用重典，总还有人要蹈法网。有些学生被当作“线民”使用，负责打小报告，这种间谍制度后来大受外国教员指责，不久就废弃了，作线民的大概都是得过墨盒的。

清华对于年幼的学生还有过一阵的另一训导制度，三五个年幼的学生配给一个导师，导师由高等科的大学生担任之，每星期聚会一次，在生活上予以指导。指导我的是一位沈隽淇先生，大概比我大七八岁，道貌岸然，不苟言笑。这制度用意颇佳，但滞碍难行，因为硬性配给，不免扞格。此制行之不久即废，沈隽淇先生毕业后我也从来没听见过他的消息。

严格的生活管理只限于中等科，我们事后想想像陈筱田先生所执行的那一套管理方法，究竟是利多弊少，许多做人做事的道理，本来是应该在幼小的时候就要认识。许多自然主义的教育信仰者，以为儿童的个性应该任其自由发展，否则受了摧残以后，便不得伸展自如。至少我个人觉得我的个性没有受到压抑以至于以后不能充分发展。我从来不相信“树大自直”。等我们升到高等科，一切管理松弛多了，尤其是正值“五四运动”之后，学生的气焰万丈，谁还能管学生？

四

清华是预备留美的学校，所以课程的安排与众不同，上午的课如英文、作文、公民（美国的公民）、 数学、地理、历史（西洋史）、生物、物理、化学、政治学、社会学、心理学……都一律用英语讲授，一律用美国出版的教科书；下午的课如国文、历史、地理、修身、哲学史、伦理学、修辞、中国文学史……都一律用国语，用中国的教科书。这样划分的目的，显然地要加强英语教学，使学生多得听说英语的机会。上午的教师一部分是美国人，一部分是能说英语的中国人。下午的教师是一些中国的老先生，好多都是在前清有过功名的。但是也有流弊，重点放在上午，下午的课就显得稀松。尤其是在毕业的时候，上午的成绩需要及格，下午的成绩则根本不在考虑之列。因此大部分学生轻视中文的课程。这是清华在教育上最大的缺点，不过鱼与熊掌不可得兼，顾了英文就不容易再顾中文，这困难的情形也是可以理解的。可惜的是学校没有想出更合理的办法。同时对待中文教师之差别待遇也令学生生出很奇异的感想，薪给特别低，集中住在比较简陋的古月堂，显然中文教师是不受尊重的。这在学生的心理上有不寻常的影响，一方面使学生蔑视本国的文化，崇拜外人；另一方面激起反感，对于洋人偏偏不肯低头。我个人的心理反应即属于后者，我下午上课从来不和先生捣乱，上午在课堂里就常不驯顺。而且我一想起母校，我就不能不联想起庚子赔款、义和团、吃教的洋人、昏聩的官吏……这一连串的联想使我惭愧愤怒。我爱我的母校，但这些联想如何能使我对我母校毫无保留地感觉骄傲呢？

清华特别注重英文一课，由于分配的钟点特多，再加上午其他各课亦用英语讲授，所以平均成绩可能较一般的学校略胜。使用的教本开始时是《鲍尔文读本》，以后就由浅而深地选读文学作品，如《爱丽丝漫游奇境》《陶姆伯朗就学记》《柴斯菲德训子书》《金银岛》《欧文杂记》，阿迪生的《洛杰爵士杂记》，霍桑的《七山墙之屋》《块肉余生述》《朱立阿西撒》《威尼斯商人》，等等。前后八年教过我英文的老师有马国骥先生、林语堂先生、孟宪承先生、巢堃霖先生，美籍的有 Miss

Baader，Miss Clemers，Mr.Smith 等。马、林、孟三位先生都是当时比较年轻的教师，不但学问好，教法好，而且热心教学，是难得的好教师。巢先生是在英国受教育的，英文根底极好，我很惭愧的是我曾在班上屡次无理捣乱反抗，使他很生气，但是我来台湾后他从香港寄信给我，要我到香港大学去教中文，我感谢这位老师尚未忘记几十年前的一个顽皮的学生。两位美籍的女教师使我特殊受益的倒不在英文训练，而在她们教导我们练习使用"议会法"，这一套如何主持会议，如何进行讨论，如何交付表决等等的艺术，以后证明十分有用，这也就是孙中山先生所谓的"民权初步"。在民主社会里到处随时有集会，怎么可以不懂集会的艺术？我幸而从小就学会了这一套，以后受用不浅，以后每逢我来主持任何大小会议，我知道如何控制会场秩序，如何迅速地处理案件的讨论。她们还教了我们作文的方法，题目到手之后，怎样先作大纲，怎样写提纲挈领的句子，有时还要把别人的文章缩写成为大纲，有时从一个大纲扩展成为一篇文章，这一切其实就是思想训练，所以不仅对英文作文有用，对国文也一样的有用。我的文章写得不好，但如果层次不太紊乱，思路不太糊涂，其得力处在此。美国的高等学校大概就是注重此种教学方法，清华在此等处模仿美国，是有益的。

上午的所有课程有一特色，即是每次上课之前学生必须作充分准备，先生指定阅览的资料必须事先读过，否则上课即无从听讲或应付。上课时间用在练习讨论者多，用在讲解者少，同时鼓励学生发问。我们中国学生素来没有当众发问的习惯，美籍教师常常感觉困惑，有时指名发问令其回答，造成讨论的气氛。美国大学里在课外指定阅读的资料分量甚重，所以清华先有此种准备，免得到了美国顿觉不胜负荷。我记得到了高等科之后，先生指定要读许多参考书，某书某章必须阅读，我们在图书馆未开门就排了长龙，抢着阅读参考书架上的资料，迟到者就要等候。

我的国文老师中使我获益最多的是徐镜澄先生，我曾为文纪念过他（见《秋室杂文》）。他在中等科教我作文一年，批改课业大勾大抹，有时全页都是大墨杠子，我几千字的文章往往被他删削得体无完肤，只剩下三二百字，我始而懊恼，继而觉得经他勾改之后确实是另有一副面貌，终乃接受了他的“割爱主义”，写文章少说费话，开门见山；拐弯抹角的地方求其挺拔，避免阘茸。

午后的课程大致不能令学生满意。学校聘请教员只知道注意其有无举人进士的头衔，而不问其是否为优良教师。尤其是五四以后的几年，学生求知若渴，不但要求新知，对于中国旧学问也要求用新眼光来处理。比我低一班的朱湘先生就跑到北大旁听去了。清华午后上课情形简直是荒唐！先生点名，一个学生可以代替许多学生答到，或者答到之后就开溜，留在课室者可以写信看小说甚至打瞌睡，而先生高踞讲坛视若无睹。我记得清清楚楚，有一位叶先生年老而无须，有一位学生发问了：“先生，你为什么不生胡须？”先生急忙用手遮盖他的下巴，缩颈俯首而不答，全班哄笑。这一类不成体统的事不止一端。

于此我不能不提到梁任公先生。大概是我毕业前一年，我们几个学生集议想请他来演讲。他的大公子梁思成是我同班同学，梁思永、梁思忠也都在清华，所以我们经过思成的关系一约就成了。任公先生的学问事业是大家敬仰的，尤其是他心胸开朗，思想赶得上潮流，在五四以后俨然是学术重镇。他身体不高、头秃、双目炯炯有光，走起路来昂首阔步，一口广东官话，声如洪钟。他讲演的题目是《中国韵文里表现的情感》，他情感丰富，记忆力强，用手一敲秃头便能背诵出一大段诗词，有时手之舞之足之蹈之，有时口沫四溅涕泗滂沱，频频地从口袋里掏出一块大毛巾来揩眼睛。这篇演讲分数次讲完，异常的成功，我个人对中国文学的兴趣就是被这一篇演讲所鼓动起来的。以前读曾毅《中国文学史》，因为授课的先生只是照着书本读一遍，毫无发挥，所以我越读越不感兴趣。任公先生以后由学校聘请住在工字厅主讲《中国历史研究法》，更以后清华大学成立，他被聘为研究所教授，那是后话了。

还有些老师我也是不能忘记的。教音乐的 Miss Seeley 和教图画的 Miss Starr 和 Miss Lyggate 都启迪了我对艺术的爱好。我本来喉音不坏，被选为“少年歌咏团”的团员，一共十二个人，除了我之外有赵敏恒、梅旸春、项愕、吴去非、李先闻、熊式一、吴鲁强、胡光澄、杜钟珩、郭殿邦等，我的嗓音最高，曾到城里青年会表演过一次 *Human Piano*（《人造钢琴》），我代表最高音。以后我倒了嗓子，同时 Seeley 女士离校后也没有替人指导，我对音乐便失去了兴趣，没有继续修习，以至于如今对于音乐几乎完全是个聋子。中国音乐不懂，外国音乐也不通，变成了一个“内心没有音乐的人”，想起来实在可怕。讲到图画，我从小就喜欢，涂抹几笔是可以的，但无天分。清华的这两位教师给我的鼓励太多了，要我画炭画，描石膏像，记得最初是画院里的一棵松树，从基本上学习，但我没有能持续用功。我妄以为在小学时即已临摹王石谷、恽南田，如今还要回过头来画这些死东西？自以为这是委屈了我的才能，其实只是狂傲无知。到如今一点基本的功夫都没有，还谈得到什么用笔用墨？幼年时对艺术有一点点爱好，不值什么，没加上苦功，便毫无可观，我便是一例。

我不喜欢的课是数学。在小学时“鸡兔同笼”就已经把我搅昏了头，到清华习代数、几何、三角，更格格不入，从心里厌烦，开始时不用功，以后就很难跟上去，因此视数学课为畏途。我校的一位同学孙筱孟比我更怕数学，每回遇到数学月考大考，他一看到题目就好像是“贾宝玉神游太虚幻境”一般，匆匆忙忙回寝室换裤子，历次不爽。我那时有一种奇异的想法，我将来不预备习理工，要这捞什子做什么？以“兴趣不合”四个字掩饰自己的懒惰愚蠢。数学是人人要学的，人人可以学的，那是一种纪律，无所谓兴趣之合与不合，后来我和赵敏恒两个人同在美国一个大学读书，清华的分数单上数学一项都是勉强及格六十分，需要补修三角与立体几何。我们一方面懊恼，一方面引为耻辱，于是我们两个拼命用功，结果我们两个在全班上占第一第二的位置，大考特准免于参加，以甲上成绩论。这证明什么？这证明没有人的兴趣是不近数学的，只要按部就班地用功，再加上良师诱导，就会发觉里面的趣味，万万不可任性，在学校里读书时万万不可相信什么“趣味主义”。

生物、物理、化学三门并非全是必修，预备习文法的只要修生物即可，这一规定也害我不浅。我选了比较轻松的生物，教我们生物的陈隽人先生，他对我们很宽，我在实验室里完全把时间浪费了，我怕触及蚯蚓、田鸡之类的活东西，闻到珂罗芳的味道就头痛，把蛤蟆四肢钉在木板上开刀取心脏是我最怵的事，所以总是请同学代为操刀，敷衍了事。物理化学根本没有选修，至今引为憾事。

我的手很笨拙，小时候手工一向很坏，编纸插豆、泥工竹工的成绩向来羞于见人。清华亦有手工一课，教师是周永德先生，有一次他要我们每人做一个木质的方锥体，我实在做不好，就借用同学徐宗涑所做的成品去搪塞缴上。宗涑的手是灵巧的，他的方锥体做得方方正正有棱有角，周先生给他打了个九十分。我拿同一个作品缴上去，他对我有偏见，仅打了七十分。我不答应，我自己把真相说穿。周先生大怒，说我不该借用别人的作品。我说："我情愿受罚，但是先生判分不公，怎么办呢？"先生也笑了。

五

清华对于体育特别注重。

每早晨第二堂与第三堂之间有十五分钟的柔软操。钟声一响大家拥到一个广场上，地上有写着号码的木桩，各按号码就位立定，由舒美科先生或马约翰先生领导活动，由助教过来点名。这十五分钟操，如果认真做，也能浑身冒汗。这是很好的调剂身心的办法。

下午四时至五时有一小时的强迫运动，届时所有的寝室课室房门一律上锁，非到户外运动不可，至少是在外面散步或看看别人运动。我是个懒人，处此情形之下，也穿破了一双球鞋，打烂了三五支网球拍，大腿上被棒球打黑了一大块。可惜到了高等科就不再强迫了。经常运动有助于健康，不，是健康之绝对的必需的条件。而且身体的健康，也必有助于心理的健康，年轻时所获致的健康也是后来求学做事的一笔资本。那时清华的一般的学生比较活泼一些，少老气横秋的态度，也许是运动比较多一点的缘故。

学生们之普遍的爱好运动的习惯之养成是一件事，选拔代表与别的学校竞赛则是又一件事。清华对于选手的选拔培养与爱护也是做得很充分的。选手要勤练习，体力耗损多，食物需要较高的热量，于是在食堂旁边另设“训练桌”，大鱼大肉，四盘四碗，同学为之侧目。运动员中之德智体三育均优者固然比比皆是，但在体育方面畸形发展的亦非绝无仅有。有一位玩球的健将就是功课不够理想，但还是设法留在校内以便为校立功，这种恶劣的作风是大家都知道的。

清华的运动员给清华带来不少的荣誉，在各种运动比赛中总是占在领导的位置。在最初的几次远东运动会中清华的选手赢得不少锦标，为国家争取光荣。我记得最清楚的是一场足球赛和一场篮球赛。上海南洋大学的足球队在华中称雄，远征华北以清华为对象，大家都觉得胜败未可逆料，不无惴惴。清华的阵容是前锋徐仲良、姚醒黄、关颂韬、华秀升、邝 × ×，后卫之一是李汝棋，守门是董大酋。这一战打得好精采，徐仲良脚头有劲，射门准而急，关颂韬最会盘球，三两个人奈何不得他，冲锋陷阵如入无人之境，结果清华以逸待劳，侥幸获胜。这是在星期六下午举行的，星期一补放假一天以资庆祝，这是什么事！另一场篮球赛是对北师大。北师大在体育方面也是人才辈出，篮球队中一位魏先生尤负盛名。北师大和清华在篮球不相上下，可说势均力敌。清华的阵容是前锋有时昭涵、陈崇武，后卫有孙立人、王国华，以这一阵容为基本的篮球队曾打垮菲律宾、日本的代表队。鏖战的结果清华占地利因而险胜，孙立人、王国华的截球之稳练不能不令人叹为观止。附带提起，现在台湾的程树仁先生也是清华的运动健将，他继曹懋德为足球守门，举臂击球，比用脚踢还打得远些，他现在年近七十而强健犹昔，是清华的体育精神的代表。

清华毕业时照例要考体育，包括田径、爬绳、游泳等项。我平常不加练习，临考大为紧张，马约翰先生对于我的体育成绩只是摇头叹息。我记得我跑四百码的成绩是九十六秒，人几乎晕过去。一百码是十九秒。其他如铁球、铁饼、标枪、跳高、跳远都还可以勉强及格，游泳一关最难过。清华有那样好的游泳池，按说有好几年的准备应该没有问题，可惜是这好几年的准备都是在陆地上，并未下过水里，临考只得舍命一试。

我约了两位同学各持竹竿站在两边，以备万一。我脚踏池边猛然向池心一扑，这一下子就浮出一丈开外，冲力停止之后，情形就不对了，原来水里也有地心吸力，全身直线下沉。喝了一大口水之后，人又浮到水面，尚未来得及喊救命，已经再度下沉。这时节两根竹竿把我挑了起来，成绩是不及格，一个月后补考。这一个月我可天天练习了，好在不止我一人，尚有几位陪伴我。补考的时候也许是太紧张，老毛病又发了，身体又往下沉。据同学告诉我，我当时在水里扑腾得好厉害，水珠四溅，翻江倒海一般，否则也不会往下沉。这一沉，沉到了池底。我摸到大理石的池底。滑腻腻的。我心里明白，这一回只许成功不许失败，便在池底连爬带泳地前进，喝了几口水之后，头已露出水面，知道快泳完全程了，于是从从容容来了几下子蛙式泳，安安全全地跃登彼岸。马约翰先生笑得弯了腰，挥手叫我走，说："好啦，算你及格了。"这是我毕业时极不光荣的一个插曲，我现在非常悔恨，年轻时太不知道重视体育了。

清华的体育活动也并不完全是洋式的，也有所谓国术，如打拳击剑之类，教师是李剑秋先生，他的拳是外家一路，急而劲，据说很有功夫。有时也开会表演，邀来外面的各路英雄，刀枪剑戟陈列在篮球场上，主人先垫垫脚，然后一十八般武艺一样一样地表演上场，其中包括空手夺刀之类。对于这种玩艺，同学中也有乐此不疲者，分头在钻研太极八卦少林拳头的奥秘。

## 六

五四运动发生在民国八年，我在中等科四年级，十八岁，是当时学生群中比较年轻的一员。清华远在郊外，在五四过后第二三天才和城里的学生联络上。清华学生的领导者是陈长桐，他的领导才能（charisma）是天生的，他严肃而又和蔼，冷静而又热情，如果他以后不走进银行而走进政治，他一定是第一流的政治家。他的卓越的领导能力使得清华学生在这次运动里尽了应尽的责任，虽然以后没有人以“五四健将”而闻名于世。自五月十九日以后，北京学生开始街道演讲。我随同大队进城，在前门外珠市口我们一小队人从店铺里搬来几条木凳横排在街道上，人越聚越多，讲演的情绪越来越激昂，这时有三两部汽车因不得通过而乱按喇叭，顿时激怒了群众，不知什么人一声喝打，七手八脚地捣毁了一部汽车。我当时感觉到大家只是一股愤怒不知向谁发泄，恨政府无能，恨官吏卖国，这股恨只能在街上如醉如狂地发泄了。在这股洪流中没有人能保持冷静，此之谓群众心理。那部被打的汽车是冤枉的，可是后来细想也许不冤枉，因为至少那个时候坐汽车而不该挨打的人究竟为数不多。

章宗祥的儿子和我同一寝室。五四运动爆发之后，他悄悄地走避了，但是许多人不依不饶地拥进了我的寝室，把他的床铺捣烂了，衣箱里的东西狼藉满地。我回来看到很反感，觉得不该这样做。过后不久他害猩红热死了。

六月三日、四日北京学生千余人在天安门被捕，清华的队伍最整齐，所以集体被捕，所占人数也最多。

清华因为继续参加学生运动而引起学校当局的不满，校长张煜全先生也许是用人不当，也许是他自己过分慌张，竟乘学生晚间开会之际切断了电线，他以为这一着可以迫使学生散去，想不到激怒了学生，当时点起蜡烛继续开会，这是对当局之公然反抗。事有凑巧，会场外忽然发现了三五个衣裳诡异打着纸灯笼的乡巴佬，经盘问后，原来是由学校当局请来的乡间的“小锣会”来弹压学生的。所谓小锣会，即是乡村农民组织的自卫团体，遇有盗警之类的事变就以敲锣为号，群起抵抗，是维持地方治安的一种组织。糊涂的学校当局竟把这种人请进学校来对付学生，真是自寻烦恼。学生们把小锣会团团围住，让他们具结之后便把他们驱逐出校。但是驱逐校长的风潮也因此而爆发了。

“五四”往好处一变而为新文化运动，往坏处一变而为闹风潮。清华的风潮是赶校长。张煜全、金邦正，接连着被学生列队欢送迫出校外，其后是罗忠诒根本未能到差。这一段时期学生领导人之最杰出者为罗隆基，他私下里常说“九年清华， 三赶校长”，是实有其事。清华的传统的管理学生的方式崩溃了，学生会的坚强组织变成学生生活的中心。学生自治也未始不是一个好的现象，不过罢课次数太多，一快到暑假就要罢课，有人讥笑我们是怕考试，然乎否乎根本不值一辩，不过罢课这个武器用得次数太多反而失去同情则确是事实。

忆老舍 一

胡适先生二三事

—

五四运动原是一个短暂的爱国运动，热烈的，自发的，纯洁的，“如击石火，似闪电光”，很快的就过去了。可是年青的学生们经此刺激震动而突然觉醒了，登时表现出一股蓬蓬勃勃的朝气，好像是蕴藏压抑多年的情绪与生活力，一旦获得了迸发奔放的机会，一发而不可收拾，沛然而莫之能御。当时以我个人所感到的而言，这一股力量在两点上有明显的表现：一是学生的组织，一是广泛的求知欲。

在这以前，学生们都是听话的乖孩子，对权威表示服从，对教师表示尊敬，对职员表示畏惧。我刚到清华的时候，见到校长周寄梅先生真觉得战战兢兢，他自有一种威仪使人慑服，至今我仍然觉得他有极好的风度，在我所知道的几任清华校长之中，他是最令大家佩服的一个。学校的组织与规程，尽管有不合理处，学生们不敢批评，更不敢有公然反抗的举动。除了对于国文教师常有轻慢的举动以外，学生对一般教师是恭顺的。无论教师多么不称职，从没有被学生驱逐的。在中等科时，一位国文先生酒醉，拿竹板打了学生的手心，教务长来抢走了竹板，事情也就平息了，这事情若发生在今天那还了得！清华管理严格，记过、开除是经常有的事，一纸开除的布告贴出，学生乖乖地卷铺盖。只有一次例外：我同班的一位万同学，因故被开除，他跑到海淀喝了一瓶莲花白，红头涨脸地跑回来，正值斋务主任李胡子在饭厅和学生们一起用膳，就在大庭广众之下，上去一拳把他打倒在地，这是绝无仅有的一次犯上作乱的精彩表演。

“五四”以后情形完全不同了。首先要说起学校当局之颟顸无能，当局糊涂到用关灭电灯的方法来防止学生开会，召进乡间的“小锣会”打着灯笼拿着棍棒到学校里来弹压学生，这如何能令学生心服？周校长以后的几任校长，都是外交部派来的闲散的外交官，在做官方面也许是内行的，但是平素学问道德未必能服人，遇到这动荡时代更不懂得青年心理，当然是治丝益棼，使事态恶化。数年之内，清华数易校长，每一位都是在极狼狈的情形之下离去的。学生的武器便是他们的组织——学生会。从前的班长级长都是些当局属意的“墨盒”持有人，现在的学生会的领导者是些有组织能力的有担当的分子。所谓“团结即是力量”，道理是不错的。原来为了遂行爱国运动而组织起来的学生会，性质逐渐扩大，目标也逐渐转移了。学生要求自治，学生也要过问学校的事。清华的学生会组织是相当健全的，分评议会与干事会两部分，评议会是决议机关，干事会是执行机关。评议员是选举的，我在清华最后几年一直是参加评议会的。我深深感觉“群众心理”是很可怕的，组织的力量如果滥用也是很可怕的。我们短短期间内驱逐的三位校长，其中有一位根本未曾到校，他的名字是罗忠诒，不知什么人传出了消息说他吸食鸦片烟，于是喧嚷开来，舆论哗然，吓得他未敢到任。人多势众的时候往往是不讲理的。学生会每逢到了五六月的时候，总要闹罢课的勾当，如果有人提出罢课的主张，不管理由是否充分，只要激昂慷慨一番，总会通过。罢课曾经是赢得伟大胜利的手段，到后来成了惹人厌恶的荒唐行为。不过清华的罢课当初也不是没有远大目标的。一九二二年三月间罗隆基写了一篇《彻底翻腾的清华革命》，发表在《北京晨报》，翌年三月间由学生会印成小册，并有梁任公先生及凌冰先生的序言，一致赞成清华应有一健全的董事会，可见清华革命之说确是合乎当时各方的要求的。

嚣张是不须讳言的，但是求知的欲望也同时变得非常旺盛，对于一切的新知都急不暇择地吸收进去。我每次进城在东安市场、劝业场、青云阁等处书摊旁边不知消磨多少时光流连不肯去，几乎凡有新刊必定购置，不是我一人如此，多少敏感的青年学生都是如此。

我记得仔细阅读过的书刊包括：胡适的《实验主义》《尝试集》《短篇小说集》《中国哲学史》，周作人的《欧洲文学史》《域外小说集》，王星拱的《科学方法论》，潘家洵译的《易卜生戏剧》《少年中国的丛书》《共学社的丛书》《晨报丛书》《新潮》《新青年》等杂志更不待言的是每期必读的。当然，那时候学力未充，鉴别无力，自己并无坚定的见地，但是扩充眼界，充实腹笥，总是一件好事。所以我那时看的东西很杂，进化论与互助论，资本论与无政府主义，托尔斯泰与萧伯纳，罗素与柏格森，泰戈尔与王尔德，兼收并蓄，杂糅无章。没有人指导，没有人讲解，暗中摸索，有时自以为发掘到宝藏而沾沾自喜，有时全然失去比例与透视。幸而，由于我的天生的性格，由于我的家庭的管教，我尚能分辨出什么是稳健的康庄大道，什么是行险侥幸的邪恶小径。三十岁以后，自己知道发奋读书，从来不敢懈怠，但是求知的热狂在五四以后的那一段期间仍然是无可比拟的。

因为探求新知过于热心，对于学校的正常的功课反倒轻视疏忽了。基本的科学，不感兴趣，敷敷衍衍地读完一年生物学之后对于物理化学即不再问津，这一缺憾至今无法补偿。对于数学我更没有耐心，自己给自己制造了一个借口曰：“性情不近”。梁任公先生创“趣味说”，我认为正中下怀，我对数学不感兴趣，因此数学的成绩仅能勉强维持及格，而并不觉得惭怍。不但此也，在英文班上读些文学名著，也觉得枯燥无味，莎士比亚的戏剧亦不能充分赏识，他的文字虽非死文字，究竟嫌古老些，哪有时人翻译出来的现代作品那样轻松？于是有人谈高尔斯华绥、肖伯纳、王尔德、易卜生，亦从而附和之；有人谈莫泊桑、契诃夫、屠格涅夫、法朗士，亦从而附和之。如响斯应，如影斯随，追逐时尚，惶惶然不知其所届。这是五四以后之一窝蜂的现象，表面上轰轰烈烈，如花团锦簇，实际上不能免于浅薄幼稚。

## 七

清华学生全体住校，自成一个社团，故课外活动也就比较多些。我初进清华，对音乐图画都很热心。教音乐的教师 Miss Seeley 循循善诱，仪态万千，是颇受学生欢迎的一个人。她令学生唱校歌（清华的校歌是英文的）以测验学生歌唱的能力，我一试便引起她的注意，因为我声音特高，而且我能唱出校歌两阕的全部歌词，后来我就当选为清华幼年歌咏团的团员。不知为什么这位教师回国后就一直没有替人，同时我的嗓音倒了之后亦未能复元，于是从此我和音乐绝缘。教图画的教师先是一位 Miss Starr，后是一位 Miss Lyggate，教我们白描，教我们写生，炭画、水彩画，可惜的是我所喜欢的是中国画，并且到了中等科三年级也就没有图画一课了。

我在图画音乐上都不得发展，兴趣转到了写字上面去。在小学的时候老师周士棻（香如）先生教我们写草书《千字文》，这是白折子九宫格以外的最有趣的课外作业，我的父亲又鼓励我涂鸦，因此我一直把写字当作一种享受。我在清华八年所写的家信，都是写在特制的宣纸信笺上，每年装订为一册，全是墨笔恭楷，这习惯一直维持到留学回国为止。有一天我和同学吴卓（鹄飞）、张嘉铸（禹九）商量，想组织一个练习写字的团体，吴卓写得一笔好赵字，张嘉铸写得一笔酷似张廉卿的魏碑体，众谋佥同，于是我就着手组织，征求同好。我的父亲给我们起了一个名字，曰："清华戏墨社"。大字，小楷，同时并进。包世臣的《艺舟双楫》、康有为的《广艺舟双楫》成了我手边常备的参考书。我本来有早起的习惯，七点打起床钟，我六点就盥洗完毕，天蒙蒙亮我和几位同学就走进自修室，正襟危坐，磨墨伸纸，如是者二年，不分寒暑，从未间断，举行过几次展览。我最初看吴卓临赵孟頫《天冠山图咏》，见猎心喜，但是我父亲不准我写，认为应先骨格而后妩媚，要我写颜真卿的《争座位》和柳公权的《玄秘塔》，同时供给我大量的珂罗版的汉碑，主要的是《张迁碑》《白石神君碑》《孔宙碑》而以《曹全碑》殿后。这样临摹了两年，孤芳自赏，但愧未能持久，本无才力，终鲜功夫，至今拿起笔杆不能运用自如，是一憾事。

清华不是教会学校，所以并没有什么宗教气氛，但是有些外国教师及一些热心的中国人仍然不忘传教，例如，查经班青年会之类均应有尽有，可是同时也有一批国粹派出面提倡孔教以为对抗。我对于宗教没有兴趣，不过于耶教孔教二者若是必须做一选择，我宁取后者，所以我当时便参加了一些孔教会的活动，例如，在孔教会附设的贫民补习班和工友补习班里授课之类。不过孔子的学说根本不能构成宗教，所谓国教运动尤其讨厌。

“五四”以后，心情丕变。任何人在青春时期都会“怨黄莺儿作对，怪粉蝶儿成双”，都会变成为一个诗人。我也在荷花池畔开始吟诗了，有一首诗就题为《荷花池畔》，后来发表在《创造季刊》第四期上，我从事文艺写作是在我进入高等科之初，起先是几个朋友（顾毓琇、张忠绂、翟桓等）在校庆日之前凑热闹翻译了一本《短篇小说作法》，这是一本没有什么价值的书，不知为何选中了它。我们的组织定名为“小说研究社”，向学校借占了一间空的寝室作为会所。后来我们认识了比我们高两级的闻一多，是他提议把小说研究社改为“清华文学社”，添了不少新会员，包括朱湘、孙大雨、闻一多、谢文炳、饶子离、杨子惠等。闻一多是个多才多艺的人，他不仅年纪比我们大两岁，在心理的成熟方面以及学识修养方面，都比我们不止大两岁，我们都把他当作老大哥看待。他长于图画，而国文根柢也很坚实，作诗仿韩昌黎，硬语盘空，雄浑恣肆，而情感丰富，正直无私。这时候我和一多都大量地写白话诗，朝夕观摩，引为乐事。我们对于当时的几部诗集颇有一些意见，《冬夜》里有“被窝暖暖的，人儿远远的”之句，《草儿》里有“旗呀，旗呀，红、黄、蓝、白、黑的旗呀！”这样的一首，还有“如厕是早起后第一件大事”之句，我们都认为俗恶不堪，就诗论诗倒是《女神》的评价最高，基于这一点意见，一多写了一篇长文《冬夜评论》，由我寄给《北京晨报》副刊（孙伏园编）。我们很天真，以为报纸是公开的园地，我们以为文艺是可以批评的，但事实不如此。稿寄走之后，如石沉大海，杳无音讯，几番函询亦不得复音，幸亏尚留底稿。我决定自行刊印，自己又写了一篇《草儿评论》，合为《冬夜草儿评论》，薄薄的一百多页，用去印刷费百余元，是我父亲供给我的。这一小册的出版引起两个反响，一个是《努力周报》署名“哈”的一段短评，当然是冷嘲热骂，一个是创造社《女神》作者的来信赞美。由于此一契机我认识了创造社诸君。

我有一次暑中送母亲回杭州，路过上海，到了哈同路民厚南里，见到郭、郁、成几位，我惊讶的不是他们生活的清苦，而是他们生活的颓废，尤以郁为最。他们引我从四马路的一端，吃大碗的黄酒，一直吃到另一端，在大世界追野鸡，在堂子里打茶围，这一切对于一个清华学生是够恐怖的。后来郁达夫到清华来看我，要求我两件事，一是访圆明园遗址，一是逛北京的四等窑子，前者我欣然承诺，后者则清华学生夙无此等经验，未敢奉陪（后来他找到他哥哥的洋车夫陪他去了一次，他表示甚为满意云）。

差不多同时我也由于通信而认识了南京高师的胡昭佐（梦华），由于他而认识了吴宓（雨僧）。后来又认识了梅光迪（迪生）、胡先骕（步青）诸位。对于南京一派比较守旧的思潮，我也有一点同情，并不想把他们一笔抹煞。

我的父亲总是担心我的国文根柢不够，所以每到暑假他就要我补习国文，我的老师是仪征陈止（孝起）先生，他的别号是大镫，是一位纯旧式的名士，诗词文章无所不能，尤好收集小品古董，家里满目琳琅。我隔几天送一篇文章请他批改，偶尔也作一点旧诗。但是旧文学虽然有趣，我可以研究欣赏，却无模拟的兴致，受过五四洗礼的人是不能再回复到以前的那个境界里去了。

八

临毕业前一年是最舒适的一年，搬到向往已久的大楼里面去住，别是一番滋味。这一部分的宿舍有较好的设备，床是钢丝的，屋里有暖气炉，厕所里面有淋浴，有抽水马桶。不过也有人不能适应抽水马桶，以为做这种事而不采取蹲的姿势是无法达成任务的（我知道顾德铭即是其中之一，他一清早就要急急忙忙跑到中等科去照顾那九间楼），可见吸收西方文化也并不简单，虽然绝大多数的人是乐于接受的。

和我同寝室的是顾毓琇、吴景超、王化成，四个少年意气扬扬共居一室，曾经合照过一张相片，坐在一条长凳上，四副近视眼镜，四件大长袍，四双大皮鞋，四条跷起来的大腿，一派生愣的模样。过了二十年，我们四个人在重庆偶然聚首，又重照了一张，当时大家就意识到这样的照片一生中怕照不了几张。当时约定再过二十年一定要再照一张，现在拍照第三张的时期已过，而顾毓琇定居在美国，王化成在葡萄牙任公使多年之后病殁在美国，吴景超在大陆，四人天各一方，萍踪飘泊，再聚何年？今日我回忆四十年前的景况，恍如昨日：顾毓琇以“一樵”的笔名忙着写他的《芝兰与茉莉》，寄给文学研究会出版，我和景超每星期都要给《清华周刊》写社论和编稿。提起《清华周刊》，那也是值得回忆的事。我不知哪一个学校可以维持出版一种百八十页的周刊，历久而不停，里面有社论、有专文、有新闻、有通讯、有文艺。我们写社论常常批评校政，有一次我写了一段短评鼓吹男女同校，当然不是为私人谋，不过措词激烈了一点，对校长之庸弱无能大肆抨击，那时的校长曹云祥先生（好像是做过丹麦公使，娶了一位洋太太，学问道德如何则我不大清楚）大为不悦，召吴景超去谈话，表示要给我记大过一次，景超告诉他：“你要处分是可以的，请同时处分我们两个，因为我们负共同责任。”结果是采官僚作风，不了了之。我喜欢文学，清华文艺社的社员经常有作品产生，不知我们这些年轻人为什么有那样大的胆量，单凭一点点热情，就能振笔直书从事创作。这些作品经由我的安排，便大量地在周刊上发表了，每期有篇幅甚多的文艺一栏自不待言，每逢节日还有特刊副刊之类，一时文风甚盛。这却激怒了一位同学（梅汝璈），他投来一篇文章《辟文风》，我当然给他登出来，然后再辞而辟之。我之喜欢和人辩驳问难，盖自此时始，我对于写稿和编辑刊物也都在此际得到初步练习的机会。周刊在经济方面是由学校支持的，这项支出有其教育的价值。

我以《清华周刊》编者的名义，到城里陟山门大街去访问胡适之先生。原因是梁任公先生应《清华周刊》之请写了一个《国学必读书目》，胡先生不以为然，公开地批评了一番。于是我径去访问胡先生，请他也开一个书目。胡先生那一天病腿，躺在一张藤椅上见我，满屋里堆的是线装书。这是我第一次见到胡先生，清癯的面孔，和蔼而严肃，他很高兴地应了我们的请求。后来我们就把他开的书目发表在《清华周刊》上了。这两个书目引出吴稚晖先生的一句名言："线装书应该丢到茅厕坑里去！"

我必须承认，在最后两年实在没有能好好地读书，主要的原因是心神不安，我在这时候经人介绍认识了程季淑女士，她是安徽绩溪人，刚从女子师范毕业，在女师附小教书。我初次和她会晤是在宣外珠巢街女子职业学校里。那时候男女社交尚未公开，双方家庭也是相当守旧的。我和季淑来往是秘密进行的，只能在中央公园、北海等地约期会晤。我的父亲知道我有女友，不时地给我接济，对我帮助不少。我的三妹亚紫在女师大，不久和季淑成了很好的朋友。青春初恋期间谁都会神魂颠倒，睡时，醒时，行时，坐时，无时不有一个倩影盘踞在心头，无时不感觉热血在沸腾，坐卧不宁，寝馈难安，如何能沉下心读书？"一日不见，如三秋兮！"更何况要等到星期日才能进得城去谋片刻的欢会？清华的学生有异性朋友的很少，我是极少数特殊幸运的一个。因为我们每星期日都风雨无阻地进城去会女友，李迪俊曾讥笑我们为"主日派"。

对于毕业出国，我一向视为畏途。在清华有读不完的书，有住不腻的环境，在国内有舍不得离开的人，那么又何必去父母之邦？所以和闻一多屡次商讨，到美国那样的汽车王国去，对于我们这样的人有无必要。会不会到了美国被汽车撞死为天下笑？一多先我一年到了美国，头一封来信劈头一句话便是："我尚未被汽车撞死！"随后劝我出国去开开眼界。事实上清华也还没有过毕业而拒绝出国的学生。我和季淑商量，她毫不犹豫地劝我就道，虽然我们知道那别离的滋味是很难熬的。这时候我和季淑已有成言，我答应她，三年为期，期满即行归来。于是我准备出国。季淑绣了一幅《平潮秋月图》给我，这幅绣图至今在我身边。

出国就要治装，我不明白为什么外国人到中国来不需治中装，而中国人到外国去就要治西装。清华学生平素没有穿西装的，都是布衣布褂，我有一阵还外加布袜布鞋。毕业期近，学校发一笔治装费，每人约三五百元之数，统筹办理，由上海恒康西服庄派人来承办。不匝月而新装成，大家纷纷试新装，有人缺领巾，有人缺衬衣，有的肥肥大大如稻草人，有的窄小如猴子穿戏衣，真可说得上是"沐猴而冠"。这时节我怀想红顶花翎朝靴袍褂出使外国的李鸿章，他有那一份胆量不穿西装，虽然翎顶袍褂也并非是我们原来的上国衣冠。我有一点厌恶西装，但是不能不跟着大家走。在治装之余我特制了一面长约一丈的绸质大国旗——红黄蓝白黑的五色旗，这在后来派了很大的用场，在美国好多次集会（包括孙中山先生逝世时纽约中国人的追悼会）都借用了我这一面特大号的国旗。

到了毕业那一天（六月十七日），每人都穿上白纺绸长袍黑纱马褂，在校园里穿梭般走来走去，像是一群花蝴蝶。我毕业还不是毫无问题的，我和赵敏恒二人因游泳不及格几乎不得毕业，我们临时苦练，豁出去喝两口水，连爬带泳，凑合着也补考及格了，体育教员马约翰先生望着我们两个人只是摇头。行毕业礼那天，我还是代表全班的三个登台致词者之一，我的讲词规定是预言若干年后同学们的状况。现在我可以说，我当年的预言没有一句是应验了的！例如：谢奋程之被日军刺杀，齐学启之殉国，孔繁祁之被汽车撞死，盛斯民之疯狂以终，这些倒霉的事固然没有料到，比较体面的事如孙立人之于军事，李先闻之于农业，李方桂之于语言学，应尚能之于音乐，徐宗涑之于水泥工业，吴卓之于糖业，顾毓琇之于电机工程，施嘉炀之于土木工程，干化成、李迪俊之于外交……均有卓越之成就，而当时也并未窥见端倪。至于区区我自己，最多是小时了了，到如今一事无成，徒伤老大，更不在话下了。毕业那一天有晚会，演话剧助兴，剧本是顾一樵临时赶编的三幕剧《张约翰》。剧中人物有女性二人，谁也不愿担任，最后由我和吴文藻承乏。我的服装有季淑给我缝制的一条短裤和短裙，但是男人穿高跟鞋则尺寸不合无法穿着，最后向 Miss Lyggate 借来一试，还略嫌松一点点。演出时我特请季淑到校参观，当晚下榻学生会办公室，事后我问她我的表演如何，她笑着说："我不敢仰视。"事实上这不是我第一次演戏，前一年我已经演过陈大悲编的《良心》，导演人即是陈大悲先生。不过串演女角，这是生平仅有的一次。

拿了一纸文凭便离开了清华园，不知道是高兴还是哀伤。两辆人力车，一辆拉行李，一辆坐人，在骄阳下一步一步地踏向西直门。心里只觉得空虚惆怅。此后两个月中酒食征逐，意乱情迷，紧张过度，遂患甲状腺肿，眼珠突出，双手抖颤，积年始愈。

家父给了我同文书局石印大字本的前四史，共十四函，要我在美国课余之暇随便翻翻，因为他始终担心我的国文根柢太差。这十四函线装书足足占我大铁箱的一半空间，这原是吴稚晖先生认为应该丢进茅厕坑里去的东西，我带过了太平洋，又带回了太平洋，差不多是原封未动缴还给家父，实在好生惭愧。老人家又怕我在美膏火不继，又给了我一千元钱，半数买了美金硬币，半数我在上海用掉。我自己带了一具景泰蓝的香炉，一些檀香木和粉，因为我认为这是中国文化中最好的一项代表性的艺术品，我一向向往“焚香默坐”的那种境界。这一具香炉，顶上有一铜狮，形状瑰丽，闻一多甚为欣赏，后来我在科罗拉多和他分手时便举以相赠。我又带了一对景泰蓝花瓶，后来为了进哈佛大学的缘故在暑期中赶补拉丁文，就把这对花瓶卖了五十元美金充学费了。此外我还在家里搜寻了许多绣活和朝服上的“黻子”，后来都成了最受人欢迎的礼物。

一九二三年八月里，在凄风苦雨的一天早晨，我在院里走廊上和弟妹们吹了一阵胰子泡，随后就噙着泪拜别父母，起身到上海候船放洋。在上海停了一星期，住在旅馆里写了一篇纪实的短篇小说，题为《苦雨凄风》，刊在《创造周报》上。我这一班，在清华是最大的一班，入学时有九十多人，上船时淘汰剩下六十多人了。登“杰克逊总统号”的那一天，船靠在浦东，创造社的几位到码头上送我。住在嘉定的一位朋友派人送来一面旗子，上面绣了“乘风破浪”四个字。其实我哪里有宗悫的志向？我愧对那位朋友的期望。

清华八年的生涯就这样地结束了。

3

# 第三辑

## 寻找生命的意义

在追寻、探索、承受的经历里，
在痛苦和幸福之间，
在平凡和激荡之中，
我们为自己找寻着意义。

# 年龄

从前看人作序，或是题画，或是写匾，在署名的时候往往特别注明“时年七十有二”“时年八十有五”或是“时年九十有三”，我就肃然起敬。春秋时人荣启期以为行年九十是人生一乐，我想拥有一大把年纪的人大概是有一种可以在人前夸耀的乐趣。只是当时我离那耄耋之年还差一大截子，不知自己何年何月才有资格在署名的时候也写上年龄。我揣想署名之际写上自己的年龄，那时心情必定是扬扬得意，好像是在宣告：“小子们，你们这些黄口小儿，乳臭未干，虽然幸离襁褓，能否达到老夫这样的年龄恐怕尚未可知哩。”须知得意不可忘形，在夸示高龄的时候，未来的岁月已所余无几了。俗语有一句话说：“棺材是装死人的，不是装老人的。”话是不错，不过你试把棺盖揭开看看，里面躺着的究竟是以老年人为多。年轻的人将来的岁月尚多，所以我们称他为富于年。人生以年龄计算，多活一年即是少了一年，人到了年促之时，何可夸之有？我现在不复年轻，看人署名附带声明时年若干若干，不再有艳羡之情了。倒是看了富于年的英俊，有时不胜羡慕之至。

裸子植物和双子叶植物，其茎部的细胞因春夏成长秋冬停顿之故而形成所谓年轮，我们可以从而测知其年龄。人没有年轮，而且也不便横切开来查验。人年纪大了常自谦为马齿徒增，也没有人掰开他的嘴巴去看他的牙齿。眼角生出鱼尾纹，脸上遍洒黑斑点，都不一定是老朽的征象。头发的黑白更不足为凭。有人春秋鼎盛而已皓首皤皤。有人已到黄耇之年而顶上犹有“不白之冤”，这都是习见之事。不过，岁月不饶人，冒充少年究竟不是容易事。地心的吸力谁也抵抗不住。脸上、颈上、腰上、踝上，连皮带肉的往下坠，虽不至于“载跋其胡”，那副龙钟的样子是瞒不了人的。别的部分还可以遮盖起来，面部经常暴露在外，经过几番风雨，多少回风霜，总会留下一些痕迹。

好像有些女人对于脸上的情况较为敏感。眼窝底下挂着两个泡囊，其状实在不雅，必剔除其中的脂肪而后快。两颊松懈，一条条的沟痕直垂到脖子上，下巴底下更是一层层的皮肉堆累，那就只好开刀，把整张的脸皮揪扯上去，像国剧一些演员化妆那样，眉毛眼睛一齐上挑，两腮变得较为光滑平坦，皱纹似乎全不见了。此之谓美容、整容，俗称之为拉皮。行拉皮手术的人，都秘不告人，而且讳言其事。所以在饮宴席上，如有面无皱纹的年高名婆在座，不妨含混地称赞她驻颜有术，但是在点菜的时候不宜高声地要鸡丝拉皮。

其实自古以来也有不少男士热衷于驻颜。南朝宋颜延之《庭诰文》：“练形之家，必就深旷，反飞灵，糇丹石，粒芝精，所以还年却老，延华驻彩。”道学练形养元，可以尸解升天，岂止延华驻彩？这都是一些姑妄言之的神话。贵为天子的人才真的想要还年却老，千方百计地求那不老的仙丹。看来只有晋孝武帝比较通达事理，他饮酒举杯属长星（即慧星）：“长星，劝尔一杯酒，自古何时有万岁天子？”可是一般的天子或近似天子的人都喜欢听人高呼万岁无疆！

除了将要诹吉纳采交换庚帖之外，对于别人的真实年龄根本没有多加探讨的必要。但是我们的习俗，于请教“贵姓”“大名”“府上”之后，有时就会问起“贵庚”“高寿”。有人问我多大年纪，我据实相告“七十八岁了”。他把我上下打量，摇摇头说：“不像，不像，很健康的样子，顶多五十。”好像他比我自己知道得更清楚。那是言不由衷的恭维话，我知道，但是他有意无意地提醒了我刚忘记了的人生四苦。能不能不提年龄，说一些别的，如今天天气之类？

女人的年龄是一大禁忌，不许别人问的。有一位女士很旷达，人问其芳龄，她据实以告：“三十以上，八十以下。”其实人的年龄不大容易隐密，下一番考证功夫，就能找出线索，虽不中亦不远矣。这样做，除了满足好奇心以外，没有多少意义。可是人就是好奇。有一位男士在咖啡厅里邂逅一位女士，在暗暗的灯光之下他实在摸不清对方的年龄，他用臂肘触了我一下，偷偷地在桌下伸出一支巴掌，戟张着五指，低声问我有没有这个数目，我吓了一跳，以为他要借五万块钱，原来他是打听对方芳龄有无半百。我用四个字回答他：“干卿底事？”有一位道行很高的和尚，涅槃的时候据说有一百好几十岁，考证起来聚讼纷纷。据我看，估量女士的年龄不妨从宽，七折八折优待。计算高僧的年龄也不妨从宽，多加三成五成。

人到了迟暮，如石火风灯，命在须臾，但是仍不喜欢别人预言他的大限。邱吉尔八十岁过生日，一位冒失的新闻记者有意讨好地说："邱吉尔先生，我今天非常高兴，希望我能再来参加您的九十岁的生日宴。"邱吉尔耸了一下眉毛说："小伙子，我看你身体蛮健康的，没有理由不能来参加我九十岁的宴会。"胡适之先生素来善于言词，有时也不免说溜了嘴，他六十八岁时候来台湾，有一次欢宴中遇到长他十几岁的齐如山先生，没话找话地说："齐先生，我看您活到九十岁决无问题。"齐先生愣了一下说："我倒有个故事，有一位矍铄老叟，大家恭维他可以活到一百岁，愤然作色曰：'我又不吃你的饭，你为什么限制我的寿数？'"胡先生急忙道歉："我说错了话。"

# 了生死

信佛的人往往要出家。出家所为何来？据说是为了一大事因缘，那就是要“了生死”。在家修行，其终极目的也是为了要“了生死”。生死是一件事，有生即有死，有死方有生，“了”即是“了断”之意。生死流转，循环不已，是为轮回，人在轮回之中，纵不堕入恶趣，生老病死四苦煎熬亦无乐趣可言。所以信佛的人要了生死，超出轮回，证无生法忍。出家不过是一个手段，习静也不过是一个手段。

但是生死果然能够了断吗？我常想，生不知所从来，死不知何处去，生非甘心，死非情愿，所谓人生只是生死之间短短的一橛。这种看法正是佛家所说“分段苦”。我们所能实际了解的也正是这样。波斯诗人峨谟伽耶姆的四行诗恰好说出了我们的感觉：

不知为什么，亦不知来自何方，
就来到这世界，像水之不自主地流；
而且离开了这世界，不知向哪里去，
像风在原野，不自主地吹。

“我来如流水，去如风，”这是诗人对人生的体会。所谓生死，不了断亦自然了断，我们是无能为力的。我们来到这世界，并未经我们同意，我们离开这世界，也将不经我们同意。我们是被动的。

人死了之后是不是万事皆空呢？死了之后是不是还有生活呢？死了之后是不是还有轮回呢？我只能说不知道。使哈姆雷特踌躇不决的也正是这一种怀疑。按照佛家的学说，“断灭相”绝非正知解。一切的宗教都强调死后的生活，佛教则特别强调轮回。我看世间一切有情，是有一个新陈代谢的法则，是有遗传嬗递的迹象，人恐怕也不是例外，长江后浪推前浪，一代新人代旧人，如是而已。又看佛书记载轮回的故事，大抵荒诞不经，可供谈助，兼资劝世，是否真有其事殆不可考。如果轮回之说尚难证实，则所谓了生死之说也只是可望不可及的一个理想了。

我承认佛家了生死之说是一崇高理想。为了希望达到这个理想，佛教徒制定许多戒律，所谓根本五戒、沙弥十戒、比丘二百五十戒，这还都是所谓“事戒”，菩萨十重四十八轻戒之“性戒”尚不在内。这些戒律都是要我们在此生此世来身体力行的。能彻底实行戒律的人方有希望达到“外息诸缘，内心无喘”的境界。只有切实地克制情欲，方可逐渐地做到“情枯智讫”的功夫。所有的宗教无不强调克己的修养，斩断情根，裂破俗网，然后才能湛然寂静，明心见性。就是佛教所斥为外道的种种苦行，也无非是戒的意思，不过做得过分了些。中古基督教也有许多不近人情的苦修方法。凡是宗教都是要人收敛内心截除欲念。就是伦理的哲学家，也无不倡导多多少少的克己的苦行。折磨肉体，以解放心灵，这道理是可以理解的。但是以爱根为生死之源，而且自无始以来因积业而生死流转，非斩断爱根无以了生死，这一番道理便比较难以实证了。此生此世持戒，此生此世受福，死后如何，来世如何，便渺茫难言了。我对于在家修行的和出家修行的人们有无上的敬意。由于他们的参禅看教，福慧双修，我不怀疑他们有在此生此世证无生法忍的可能，但是离开此生此世之后是否即能往生净土，我很怀疑。这净土，像其他的被人描写过的天堂一样，未必存在。如果它是存在，只是存在于我们的心里。

西方斯多亚派哲学家所谓个人的灵魂于死后重复融合到宇宙的灵魂里去，其种种信念也无非是要人于临死之际不生恐惧，那说法虽然简陋，却是不落言筌。蒙田说，“学习哲学即是学习如何去死。”如果了生死即是了解生死之谜，从而获致大智大勇，心地光明，无所恐惧，我相信那是可以办到的。所以我的心目中，宗教家乃是最富理想而又最重实践的哲学家。至于了断生死之说，则我自惭劣钝，目前只能存疑。

# 脸谱

我要说的脸谱不是旧剧里的所谓“整脸”“碎脸”“三块瓦”之类，也不是麻衣相法里所谓观人八法“威、厚、清、古、孤、薄、恶、俗”之类。我要谈的脸谱乃是每天都要映入我们眼帘的形形色色的活人的脸。旧戏脸谱和麻衣相法的脸谱，那乃是一些聪明人从无数活人脸中归纳出来的几个类型公式，都是第二手的资料，可以不管。

古人云“人心不同，各如其面”，那意思承认人面不同是不成问题的。我们不能不叹服人类创造者的技巧的神奇，差不多的五官七窍，但是部位配合，变化无穷，比七巧板复杂多了。对于什么事都讲究“统一”“标准化”的人，看见人的脸如此复杂离奇，恐怕也无法训练改造，只好由它自然发展罢。假使每一个人的脸都像是从一个模子里翻出来的，一律的浓眉大眼，一律的虎额龙隼，在排起队来检阅的时候固然甚为壮观整齐，但不便之处必定太多，那是不可想象的。

人的脸究竟是同中有异，异中有同，否则也就无所谓谱。就粗浅的经验说，人的脸大别为二种，一种是令人愉快的，一种是令人不愉快的。凡是常态的、健康的、活泼的脸，都是令人愉快的，这样的脸并不多见。令人不愉快的脸，心里有一点或很多不痛快的事，很自然地把脸拉长一尺，或是罩上一层阴霾，但是这张脸立刻形成人与人之间的隔阂，立刻把这周围的气氛变得阴沉。假如，在可能范围之内，努力把脸上的筋肉松弛一下，嘴角上挂出一个微笑，自己费力不多，而给予人的快感甚大，可以使得这人生更值得留恋一些。我永不能忘记那永长不大的孩子彼得·潘，他嘴角上永远挂着一颗微笑，那是永恒的象征。一个成年人若是完全保持一张孩子脸，那也并不是理想的事，除了给“婴儿自己药片”作商标之外，也不见得有什么用处。不过赤子之天真，如在脸上还保留一点痕迹，这张脸对于人类的幸福是有贡献的。令人愉快的脸，其本身是愉快的，这与老幼妍媸无关。丑一点，黑一点，下巴长一点，鼻梁塌一点，都没有关系，只要上面漾着充沛的活力，便能辐射出神奇的光彩，不但有光，还有热，这样的脸能使满室生春，带给人们兴奋、光明、调谐、希望、欢欣。一张眉清目秀的脸，如果恹恹无生气，我们也只好当作石膏像来看待了。

我觉得那是一个很好的游戏：早起出门，留心观察眼前活动的脸，看看其中有多少类型，有几张使你看了一眼之后还想再看？

不要以为一个人只有一张脸。女人不必说，常常“上帝给她一张脸，她自己另造一张”。不涂脂粉的男人的脸，也有“卷帘”一格，外面摆着一副面孔，在适当的时候呱嗒一声如帘子一般卷起，另露出一副面孔。“杰克博士与海德先生”（Dr. Jckyll and Mr. Hyde）那不是寓言。误入仕途的人往往养成这一套本领。对下属道貌岸然，或是面部无表情，像一张白纸似的，使你无从观色，莫测高深，或是面皮绷得像一张皮鼓，脸拉得驴般长，使你在他面前觉得矮好几尺！但是他一旦见到上司，驴脸得立刻缩短，再往瘪里一缩，马上变成柿饼脸，堆下笑容，直线条全弯成曲线条。如果见到更高的上司，连笑容都凝结得堆不下来，未开言嘴唇要抖上好大一阵，脸上做出十足的诚惶诚恐之状。帘子脸是傲下媚上的主要工具，对于某一种人是少不得的。

不要以为脸和身体其他部分一样的受之父母，自己负不得责。不，在相当范围内，自己可以负责的，大概人的脸生来都是和善的，因为从婴儿的脸看来，不必一定都是颜如渥丹，但是大概都是天真无邪，令人看了喜欢的。我还没见过一个孩子带着一副不得善终的脸，脸都是后来自己作践坏了的，人们多半不体会自己的脸对于别人发生多大的影响。脸是到处都有的。在送殡的行列中偶然发现的哭丧脸，作讣闻纸色，眼睛肿得桃儿似的，固然难看。一行行的囚首垢面的人，如稻草人，如丧家犬，脸上作黄蜡色，像是才从牢狱里出来，又像是要到牢狱里去，凸着两只没有神的大眼睛，看着也令人心酸。还有一大群心地不够薄脸皮不够厚的人，满脸泛着平价米色，嘴角上也许还沾着一点平价油，身穿着一件平价布，一脸的愁苦，没有一丝的笑容，这样的脸是颇令人不快的。但是这些贫病愁苦的脸还不算是最令人不愉快，因为只是消极的令人心里堵得慌，而且稍微增加一些营养（如肉糜之类）或改善一些环境，脸上的神情还可以渐渐恢复常态。最令人不快的是一些本来吃得饱，睡得着，红光满面的脸，偏偏带着一股肃杀之气，冷森森地拒人千里之外，看你的时候眼皮都不抬，嘴撇得瓢儿似的，冷不防抬起眼皮给你一个白眼，黑眼球不知翻到哪里去了，脖梗子发硬，脑壳朝天，眉头皱出好几道熨斗都熨不平的深沟——这样的神情最容易在官办的业务机关的柜台后面出现。遇见这样的人，我就觉到惶惑：这个人是不是昨天赌了一夜以致睡眠不足，或是接连着腹泻了三天，或是新近遭遇了什么闵凶，否则何以乖戾至此，连一张脸的常态都不能维持了呢？

# 旧

“我爱一切旧的东西——老朋友，旧时代，旧习惯，古书，陈酿；而且我相信，陶乐赛，你一定也承认我一向是很喜欢一位老妻。”这是高尔斯密的名剧《屈身求爱》（*She Stoopsto Conquer*）中那位守旧的老头儿哈德卡索先生说的话。他的夫人陶乐赛听了这句话，心里有一点高兴，这风流的老头子还是喜欢她，但是也不是没有一点愠意，因为这一句话的后半段说透了她的老。这句话的前半段没有毛病，他个人有此癖好，干别人什么事？而且事实上有很多人颇具同感，也觉得一切东西都是旧的好，除了朋友、时代、习惯、书、酒之外，有数不尽的事物都是越老越古越旧越陈越好。所以有人把这半句名言用花体正楷字母抄了下来，装在玻璃框里，挂在墙上，那意思好像是在向喜欢除旧布新的人挑战。

俗语说，“人不如故，衣不如新”。其实，衣着之类还是旧的舒适。新装上身之后，东也不敢坐，西也不敢靠，战战兢兢。我看见过有人全神贯注在他的新西装裤管上的那一条直线，坐下之后第一桩事便是用手在膝盖处提动几下，生恐膝部把他的笔直的裤管撑得变成了口袋。人生至此，还有什么趣味可说！看见过爱因斯坦的小照吗？他总是披着那一件敞着领口胸怀的松松大大的破夹克，上面少不了烟灰烧出的小洞，更不会没有一片片的汗斑油渍，但是他在这件破旧衣裳遮盖之下优哉游哉地神游于太虚之表。《世说新语》记载着："桓车骑不好著新衣，浴后，妇故进新衣与。车骑大怒，催使持去。妇更持还，传语云：'衣不经新，何由得故？'桓公大笑，著之。"桓冲真是好说话，他应该说，"有旧衣可着，何用新为？"也许他是为了保持阃内安宁，所以才一笑置之。"杀头而便冠"的事情，我还没有见过；但是"削足而适履"的行为，则颇多类似的例证。一般人穿的鞋，其制作设计很少有顾到一只脚是有五个趾头的，穿这样的鞋虽然无需"削"足，但是我敢说五个脚趾绝对缺乏生存空间。有人硬是觉得，新鞋不好穿，敝屣不可弃。

"新屋落成"金圣叹列为"不亦快哉"之一，快哉尽管快哉，随后那"树小墙新"的一段暴发气象却是令人难堪。"欲存老盖千年意，为觅霜根数寸栽"，但是需要等待多久！一栋建筑要等到相当破旧，才能有"树林阴翳，鸟声上下"之趣，才能有"苔痕上阶绿，草色入帘青"之乐。西洋的庭园，不时地要剪草，要修树，要打扮得新鲜耀眼，我们的园艺的标准显然地有些不同，即使是帝王之家的园囿也要在亭阁楼台画栋雕梁之外安排一个"濠濮间""谐趣园"，表示一点点陈旧古老的萧瑟之气。至于讲学的上庠，要是墙上没有多年蔓生的常春藤，基脚上没有远年积留的苔藓，那还能算是第一流吗？

旧的事物之所以可爱，往往是因为它有内容，能唤起人的回忆。例如，阳历尽管是我们正式采用的历法，在民间则阴历仍不能废，每年要过两个新年，而且只有在旧年才肯“新桃换旧符”。明知地处亚热带，仍然未能免俗要烟熏火燎地制造常常带有尸味的腊肉。端午节的龙舟粽子是不可少的，有几个人想到那“露才扬己，怨怼沉江”的屈大夫？还不是旧俗相因虚应故事？中秋赏月，重九登高，永远一年一度地引起人们的不可磨灭的兴味。甚至腊八的那一锅粥，都有人难以忘怀。至于供个人赏玩的东西，当然是越旧越有意义。一把宜兴砂壶，上面有陈曼生制铭镌句，纵然破旧，气味自然高雅。“樗蒲锦背元人画，金粟笺装宋版书”，更是足以使人超然远举，与古人游。我有古钱一枚，“临安府行用，准参百文省”，把玩之余不能不联想到南渡诸公之观赏西湖歌舞。我有胡桃一对，祖父常常放在手里揉动，咯咯咯咯地作响，后来又在我父亲手里揉动，也咯咯咯咯地响了几十年，圆滑红润，有如玉髓，真是先人手泽，现在轮到我手里咯咯咯咯地响了，好几次险些儿被我的儿孙辈敲碎取出桃仁来吃！每一个破落户都可以拿了几件旧东西来，这是不足为奇的事。国家亦然。多少衰败的古国都有不少的古物，可以令人惊羡、欣赏、感慨、唏嘘！

旧的东西之可留恋的地方固然很多，人生之应该日新又新的地方亦复不少。对于旧日的典章文物我们尽管喜欢赞叹，可是我们不能永远盘桓在美好的记忆境界里，我们还是要回到这个现实的地面上来。在博物馆里我们面对商周的吉金，宋元明的书画瓷器，可是遛酸双腿走出门外便立刻要面对挤死人的公共汽车，丑恶的市招，和各种饮料一律通用的玻璃杯！

旧的东西大抵可爱，惟旧病不可复发。诸如夜郎自大的脾气，奴隶制度的残余，懒惰自私的恶习，蝇营狗苟的丑态，畸形病态的审美观念，以及罄竹难书的诸般病症，皆以早去为宜。旧病才去，可能新病又来，然而总比旧病新恙一时并发要好一些。最可怕的是，倡言守旧，其实只是迷恋骸骨；唯新是骛，其实只是摭拾皮毛，那便是新旧之间两俱失之了。

# 猫的故事

猫很乖，喜欢偎傍着人；有时候又爱蹭人的腿，闻人的脚。唯有冬尽春来的时候，猫叫春的声音颇不悦耳。呜呜的一声一声的吼，然后突然地哇咬之声大作，稀里哗啦的，铿天地而动神祇。这时候你休想安睡。所以有人不惜昏夜起床持大竹竿而追逐之。祖传有一位和尚作过这样的一首诗：“猫叫春来猫叫春，听他愈叫愈精神，老僧亦有猫儿意，不敢人前叫一声。”这位师父富同情心，想来不至于抡大竹竿子去赶猫。

我的家在北平的一个深巷里。有一天，冬夜荒寒，卖水萝卜的，卖硬面饽饽的，都过去了，除了值更的梆子遥远的响声可以说是万籁俱寂。这时候屋瓦上嗥的一声猫叫了起来，时而如怨如诉，时而如诟如詈，然后一阵跳踉，窜到另外一间房上去了，往返跳跃，搅得一家不安。如是者数日。

北平的窗子是糊纸的，窗棂不宽不窄正好容一只猫儿出入，只消他用爪一划即可通往无阻。在春暖时节，有一夜，我在睡梦中好像听到小院书房的窗纸响，第二天发现窗棂上果然撕破了一个洞，显然的是有野猫钻了进去。大概是饿极了，进去捉老鼠。我把窗纸补好，不料第二天猫又来，仍从原处出入，这就使我有些不耐烦，一之已甚岂可再乎？第三天又发生同样情形，而且把书桌书架都弄得凌乱不堪，书桌上印了无数的梅花印，我按捺不住了。我家的厨师是一个足智多谋的人，除了调和鼎鼐之外还贯通不少的左道旁门，他因为厨房里的肉常常被猫拖拉到灶下，鱼常被猫叼着上了墙头，怀恨于心，于是殚智竭力，发明了一个简单而有效的捕猫方法。他用铁丝一根，在窗棂上猫经常出入之处钉一个铁钉，铁丝一端系牢在铁钉之上，另一端在铁丝上做一活扣，使铁丝作圆箍形，把圆箍伸缩到适度放在窗棂上，便诸事完备，静待活捉。猫窜进屋的时候前腿伸入之后身躯势必触到铁丝圆箍，于是正好套在身上，活生生悬在半空，愈挣扎则圆箍愈紧。厨师看我为猫所苦无计可施，遂自告奋勇为我在书房窗上装置了这么一个机关。我对他起初并无信心，姑妄从之。但是当天夜里居然有了动静，早晨起来一看，一只瘦猫奄奄一息的赫然挂在那里！

厨师对于捉到的猫向来执法如山，不稍宽假，我看了猫的那副可怜相直为她缓颊。结果是从轻发落予以开释，但是厨师坚持不能不稍予膺惩，即在猫身上用原来的铁丝系上一只空罐头，开启街门放她一条生路。只见猫一溜烟似的稀里哗啦地拖着罐头绝尘而去，像是新婚夫妻的汽车之离教堂去度蜜月。跑得愈快，罐头响声愈大，猫受惊乃跑得更快，惊动了好几条野狗跟在后面追赶，黄尘滚滚，一瞬间出了巷口往北而去。她以后的遭遇如何我不知道，我心想她吃了这个苦头以后绝对不会再光顾我的书房。窗户纸从新糊好，我准备高枕而眠。

当天夜里，听见铁罐响，起初是在后院砖地上哗啦哗啦地响，随后像是有东西提着铁罐猱升跨院的枣树，终乃在我的屋瓦上作响。屋瓦是一垅一垅的，中有小沟，所以铁罐越过瓦垅的声音是格登格登的清晰可辨。我打了一个冷战：难道是那只猫的阴魂不散？她拖着铁罐子跑了一天，藏躲在什么地方，终于夤夜又复光临寒舍，我家究竟有什么东西值得使她这样的念念不忘？

哗啦一声，铁罐坠地，显然的是铁丝断了。几乎同时，噗的一声，猫顺着我窗前的丁香树也落了地。她低声地呻吟了一声，好像是如释重负后的一声叹息。随后我的书房窗纸又撕破了——历史重演。

这一回我下了决心，我如果再度把她活捉，要用重典，不是系一个铁罐就能了事。我先到书房里去查看现场，情况有一些异样，大书架接近顶棚最高的一格有几本书洒落在地上。倾耳细听，书架上有呼噜呼噜的声音。怎么猫找到了这个地方来酣睡？我搬了高凳爬上去窥视，吓我一大跳，原来是那只瘦猫拥着四只小猫在喂奶！

四只小猫是黑白花的，咕咕容容的在猫的怀里乱挤，好像眼睛还没有睁开，显然是出生不久。在车船上遇到有妇人生产，照例被视为喜事，母子好像都可以享受好多的优待。我的书房里如今喜事临门，而且一胎四个，原来的一腔怒火消去了不少。天地之大德曰生，这道理本该普及于一切有情。猫为了她的四只小猫，不顾一切地冒着危险回来喂奶，伟大的母爱实在是无以复加！

猫的秘密被我发现，感觉安全受了威胁，一夜的工夫她把四只小猫都叼离书房，不知运到什么地方去了。

# 白猫王子五岁

五年前的一个夜晚，菁清从门外檐下抱进一只小白猫，时濛雨凄其，春寒尚厉。猫进到屋里，仓皇四顾，我们先飨以一盘牛奶，他舔而食之。我们揩干了他身上的雨水，他便呼呼地倒头大睡。此后他渐渐肥胖起来，菁清又不时把他刷洗得白白净净，戏称之为白猫王子。

他究竟生在哪一天，没人知道，我们姑且以他来我家的那一天定为他的生日（三月三十日），今天他五岁整，普通猫的寿命据说是十五六岁，人的寿命则七十就是古稀之年了，现在大概平均七十。所以猫的一岁在比例上可折合人的五岁。白猫王子五岁相当于人的二十五岁，正是青春旺盛的时候。

凡是我们所喜欢的对象，我们总会觉得他美。白猫王子并不一定是怎样的美丰姿，可是他眉清目秀，蓝眼睛、红鼻头、须眉修长，而又有一副楚楚可怜的样子。腰臀一部分特别硕大，和头部不成比例，腹部垂腴，走起来摇摇摆摆，有人认为其状不雅，我们不以为嫌。去年七月二十日报载，“二十四日在美国佛罗里达州巴马布耳所举行的一九八一年‘全美迷人小猫竞赛’中，一只名叫邦妮贝尔的小猫得了首奖。可是他虽然顶着后冠，却不见得很高兴。”高兴不是猫，是猫的主人。我们不会教白猫王子参加任何竞赛，他已经有了王子的封号，还急着需要什么皇冠？他就是我们的邦妮贝尔。

刘克庄有一首《诘猫诗》，有句云：

饭有溪鱼眠有毯，忍教鼠啮案头书？

我们从来没有要求过猫做什么事。他吃的不只是溪鱼，睡的也不只是毛毯，我们的住处没有鼠，他无用武之地，顶多偶然见了蟑螂而惊叫追逐，菁清说这是他对我们的服务。我们吃饭的时候他常蹲在餐桌上，虎视眈眈，但是他不伸爪，顶多走近盘边闻闻。喂他几块鱼虾鸡鸭之类，他浅尝辄止。他从不偷嘴。他吃饱了，抹抹脸就睡，弯着腰睡，趴着睡，仰着睡，有时候爬到我们床上枕着我们的臂腿睡。他有二十六七磅重，压得人腿脚酸麻，我们外出，先把他安顿好，鱼一钵，水一盂，有时候给他盖一床被，或是搭一个篷。等我们回来，门锁一响，他已窜到门口相迎。这样，他便已给了我们很大的满足。

“花如解语还多事，石不能言最可人。”猫相当地解语，我们喊他一声“猫咪！”“胖胖！”他就喵的一声。我耳聋，听不见他那细声细气的一声喵，但是我看见他一张嘴，腹部一起落，知道他是回答我们的招呼。他不会说话，但是菁清好像略通猫语，她能辨出猫的几种不同的鸣声。例如：他饿了，他要人给他开门，他要人给他打扫卫生设备，他因寂寞而感到烦躁，都有不同的声音发出来。无论有什么体己话，说给他听，或是被他听见，他能珍藏秘密不泄露出去。不过若是以恶声叱责他，他是有反应的，他不回嘴，他转过身去趴下，作无奈状。

有人不喜欢猫。我的一位朋友远道来访，先打电话来说：“听说府上有猫，请先把他藏起来，我怕猫。”真的，有人一见了猫就会昏倒。有人见了老鼠也会昏倒，何况猫？据《民生报》七十一年四月二十三日一篇文章报导，法国国王亨利三世一见到猫就会昏倒。法国国王查理九世时的大诗人龙沙有这样的诗句：

当今世上
谁也没我那么厌恶猫
我厌恶猫的眼睛、脑袋，还有凝视的模样
一看见猫，我掉头就跑

人之好恶本不相同。我不否认猫有一些短处，诸如倔强、自尊、自私、缺乏忠诚，等等。不过，猫，和人一样，总不免有一点脾气，一点自私，不必计较了。家里有装潢，有陈设，有家具，有花草，再有一只与虎同科的小动物点缀其间来接受你的爱抚，不是很好吗？

菁清对于苦难中小动物的怜悯心是无止境的，同时又觉得白猫王子太孤单，于是去年又抱进来一个小黑猫。这个“黑猫公主”性格不同，活泼善斗、体态轻盈、白须黄眼，像是平剧中的“开口跳”。两只猫在一起就要斗，追逐无已时。不得已我们把黑猫关在笼子里，或是关在一间屋里，实行黑白隔离政策。可是黑猫隔着笼子还要伸出爪子撩惹白猫，白猫也常从门缝去逗黑猫。相见争如不见，无情还似有情。我想有一天我们会逐渐解除这个隔离政策的。

白猫倏已五岁，我们缘分不浅，同时我亦不免兴起春光易老之感。多少诗人词人唤取春留驻，而春不肯留！我们只好“片时欢乐且相亲”，愿我的猫长久享受他的鱼餐锦被，吃饱了就睡，睡足了就吃。

# 与动物为友

我记得有人说过这样一句话：“我越认识的人多，我越爱我的狗。”这句话未免玩世不恭，真的人不如狗吗？

有时候，真的是人不如狗。今年三月二十八日报纸上刊载一条新闻，标题是《土狗小黑，情深意重》，内容大致如下：“苗栗通霄有一位妇人病逝，她生前养的一条狗小黑，不但为她守灵九天，而且不吃任何食物，出殡那天还流着泪送女主人到墓地。”我看到这条新闻，我的泪也流下来了。想想看世上有多少忘恩负义的人！

养犬的故事，一向很多，至今不绝。猫不及狗之义，但也有感人的行径。我认识一个人，他家中养一只猫，因生活环境不许可，决计把它抛弃，开汽车送它到远远的山区，把它弃置在荒郊。想不到一个多星期后它回到了家门，污脏瘠瘦，奄奄一息。主人从此收容它，再也不肯抛弃它。猫知道恋家。“狗不嫌家贫”，猫也不嫌。

义犬灵猫的故事，足以感人，兼可风世。究竟是少有的事，所以成为新闻。我们爱好小动物，豢养猫狗之类视为宠物，动机是单纯的，既非为利，亦非图报。只是看着活生生的小动物，心里油然而生一股怜爱，所以就收养它，为它尽心尽力，耗时耗财，而无所惜。付出一片爱便是收获，便是满足。

爱是纯洁而天真的，小孩子最纯洁天真，所以小孩子最爱小动物。我小时候，祖父母养两只哈叭狗，名为“乌云儿”，因为是浑身黑色。长毛矮脚，大眼塌鼻，除了睡便是欢蹦乱跳，汪汪地叫。但是两条狗经常关在上房，小孩子不能随便进入上房，所以我难得有亲近乌云儿的机会，有机会看见它们时我必定抚摩它们，引以为荣。可怜狗寿不永，我年稍长，狗已老死。我家里还有一只猴子，经常有铁链系着，夜晚放进笼子，入冬引入厨房。我喂它花生，投以水果，我喜欢看它的那副急切满足的吃相。过了几年猴子也生病而亡。我怜悯它一生在缧绁之中没有行动的自由。

我长大之后，为了衣食奔走四方，自顾不暇，没有心情养小动物。直到我来到台湾之后生活才算安定，于是养鸡、养鱼、养鸟都一起来了。最近十年来开始养猫，都是菁清从户外抱进来的无主的小猫，先是白猫王子，随后是黑猫公主，最后是小花。若不是我叫停，可能还要继续增加猫口。这三只猫，个性不同，嗜好亦异。白猫厚重，小花粗野，黑猫刁钻。都爱吃沙丁，偶尔也爱吃烤鸭熏鸡，黑猫还要经常吃鸡肝。菁清一天至少要费三四小时给它们刷洗清洁，无怨言，无倦色。有人问我们：

“你们的猫如此的宠贵，是哪一国的名种？”我告诉他：“和你我一样，都是土生土长的本国土种。”土种自有土种的尊严。

三只猫已经动支了菁清和我的供应能力到了极限，不可能再养狗或其他。因此，我在各处读到丘秀芷女士的文章，描写她养猫养狗养兔养鸟的经验，我就非常钦佩她的爱心的广大，普及于那样多的小动物。最令我惊异的是她也养龟。她花二百元买一只龟，和猫狗一起养，到时候会应呼叫而出来吃饭，到时候会听见水声而出来洗澡，她称之为“灵龟”，谁曰不宜？后来那只龟失踪了，她为之怅惘不已。人与宠物，皆是夙缘。缘有尽时，可为奈何！

现在丘秀芷女士的文章四十二篇集结成书，书名《我的动物朋友》，都是叙说她对她的小动物的爱，其中也有些篇是我所未曾读过的。一个人怀有这样多的爱，其文字之婉约流利，自不待言。书成，属序于余。忝有同好，遂赘数言于此以为介。

# 暴发户

暴发户，外国也有，叫作 parvenu 或 nouveau riche，意为新贵新富。这一种人有鲜明的特征，在人群中自成一格，令人一眼就可以辨认出来。旧戏里有一个小丑曾说过这样的一句话：“树小墙新画不古，此人必是内务府。”挖苦暴发户，入木三分。

内务府是前清的一个衙门，掌管大内的财务出纳，以及祭礼、宴飨、膳馐、衣服、赐予、刑法、工作、教习，职务繁杂，组织庞大，下分七司三院，其长官名为总理大臣。凡能厕身其间者，无不被人艳羡，视为肥缺。“三年清知府，十万雪花银”，何况是给皇帝佬儿办总务？经手三分肥，内务府当差的几乎个个暴发。

人在暴发之后，第一桩事多半是求田问舍。锯木头，盖房子，叱咤立办；山节藻棁，玉砌雕栏，亦非难致。唯独想在庭院之中立即拥有三槐五柳，婆娑掩映于朱门绣户之间，则非人力财力所能立即实现。十年树木，还是保守的说法，十年过后也许几株龙柏可以不再需要木架扶持，也许那些七杈八杈韵味毫无的尤加利猛窜三两丈高。时间没有成熟之前，房子尽管富丽堂皇，堂前也只好放四盆石榴树，几棵夹竹桃，南墙脚摆几盆秋海棠。树，如果有，一定是小的。新盖的房子，墙也一定是新的，丹、青、赭、垩，光艳照人，还没来得及风雨剥蚀，还没来得及接受行人题名、顽童刻画、野狗遗溺。此之谓树小墙新。

暴发户对于室内装潢是相当考究的。进得门来，迎面少不得一个特大号的红地洒金的“福”字斗方，是倒挂着的，表示福到了。如果一排五个斗方当然更好，那是五福临门。室内灯饰，不比寻常。通常是八盏粗制滥造的仿古宫灯，因为楠木框花毛玻璃已不可得，象牙饰丝线穗更不必说。此外墙上、柱上、梁上、天花板上，还有无数的大大小小的电灯，甚至还有一串串的跑灯、霓虹灯，略似电视综艺节目之豪华场面。墙上也许还挂起一两幅政要亲笔题款的玉照，主人借以对客指点曰：“某公厚我，某公厚我。”但是墙上没有画是不行的，乃斥巨资定绘牡丹图，牡丹是五色的，象征五福临门，未放的花苞要多，象征多子多孙，题曰“富贵满堂”。如果这一幅还不够，可再加一幅猫蝶图，或是一幅“鹤鹿同春”，鹤要红顶，鹿要梅花；总之是画不古，顶多也许有一张仇十洲的仕女或是郑板桥的墨竹，好像稍为古一点点，但是谁愿说穿是真迹还是赝品？

新屋落成而不宴宾客，那简直是衣锦夜行。于是詹吉折简，大张盛筵，席开三桌，座位次序都经过审慎的考虑安排，中间一桌是政界，大小首长；

右边一桌是商界，公司大亨；左边一桌只能算是“各界”，非官非商的一些闲杂人等。整套的银器出笼，也许是镀银，光亮耀眼，大型的器皿都是下有保温的热水屉，上有覆罩的碗盖。如果是鸡鸭，碗盖雕塑成鸡鸭形，如果是鱼，则成鱼形。碗足上、筷子上都刻有题字曰“某某自置”。一旁伺候的男女佣人，全穿制服，白布长衫旗袍，领口、袖口、下摆还绲着红边。至于席上的珍馐，则淆旅重叠，燔炙满案。客人连声夸好，主人则忙不迭地说：“家常便饭不成敬意。”

饭前饭后少不得要引导宾客参观新居，这是宴客的主要项目。先从客厅看起，长廊广庑，敞豁有容，中间是一缺大地毯，主人说明是波斯制品，可是很明显的图案不像。几套皮垫大沙发之外，有一套远看像是楠木雕花长案、小几、太师椅之类的古老家具。长案之上有百古架、玉如意、百鹿敦、金钟、玉磬，挤得密密杂杂。小几前面居然还有蓝花白瓷的痰盂。旁边可能有一大箱热带鱼，另一边可能有大型立体音响；至于电视机，那就一定不止一台了。寝室里四壁至少有两面全是镜子，花灯照耀之下，有如置身水晶宫中。高广大床，锦帱绣帐，松软的弹簧床垫像是大大块天使蛋糕；浴缸则像是小型游泳池。书房也有一间，几净窗明，文房四宝罗列井然。书柜里有《廿五史》《百科全书》，以及《六法全书》，一律布面烫金，金光熠熠。后院有温室一间，里面挂着几盆刚开败了的洋兰。众宾客参观完毕，啧啧称赞，可是其中也有一位冷冷地低声地说：“这全是等闲之功！”人问其语出何典，他说：“不记得《水浒传》王婆贪贿说风情，有所谓五字诀吗？”众皆粲然，主人也似懂非懂地跟着大家哈、哈、哈。

主人在仰着头打哈哈的时候，脖梗子上明显地露出三道厚厚的肥肉折叠起来的沟痕。大腹便便，虽不至“垂腴尺余”，也够瞧老大半天。“乐然后笑”，心里欢畅，自然就面团团，不时地辗然而笑。常言道：“人非横财不富，马无夜草不肥。”横财自何处来？没有人事前知道，只能说是逼人而来，说得玄虚一点便是自来处来；不过事后分析，也可找出一些蛛丝马迹，不会没有因缘。大抵其人投机冒险，而又遭逢时会，遂令竖子暴发。“君子之泽，五世而斩。”暴发户呢？其兴也暴，很可能“眼看他起高楼，眼看他宴宾客，眼看他楼塌了”！

# 乞丐

在我住的这一个古老的城里，乞丐这一种光荣的职业似乎也式微了。从前街头巷尾总点缀着一群三分像人七分像鬼的家伙，缩头缩脑地挤在人家房檐底下晒太阳，捉虱子，打瞌睡，啜冷粥，偶尔也有些个能挺起腰板，露出笑容，老远地就打躬请安，满嘴的吉祥话，追着洋车能跑上一里半里，喘得像只风箱。还有些扯着哑嗓穿行街巷大声地哀号，像是担贩的吆喝。这些人现在都到哪里去了？

据说，残羹剩饭的来源现在不甚畅了，大概是剩下来的鸡毛蒜皮和一些汤汤水水的东西都被留着自己度命了，家里的一个大坑还填不满，怎能把余沥去滋润别人！一个人单靠喝西北风是维持不了多久的。追车乞讨吗？车子都渐渐现代化，在沥青路上风驰电掣，飞毛腿也追不上。汽车停住，砰的一声，只见一套新衣服走了出来，若是一个乞丐赶上前去，伸出胳膊，手心朝上，他能得到什么？给他一张大票，他找得开吗？沿街托钵，呼天抢地也没有用。人都穷了，心都硬了，耳都聋了。偌大的城市已经养不起这种近于奢侈的职业。不过，乞丐尚未绝种，在靠近城根的大垃圾山上，还有不少同志在那里发掘宝藏，埋头苦干，手脚并用，一片喧逐。他们并不扰乱治安，也不侵犯产权，但是，说老实话，这群乞丐，无益税收，有碍市容，所以难免不像捕捉野犬那样地被捉了去。饿死的饿死，老成凋谢，继起无人，于是乞丐一业逐渐衰微。

在乞丐的艺术还很发达的时候，有一个乞讨的妇人给我很深的印象。她的巡回的区域是在我们学校左近。她很知道争取青年，专以学生为对象。她看见一个学生远远地过来，她便在路旁立定，等到走近，便大喊一声“敬礼”，举手、注视、一切如仪。她不喊“爷爷”“奶奶”，她喊“校长”，她大概知道新的升官图上的晋升的层次。随后是她的申诉，其中主要的一点是她的一个老母，年纪是八十。她继续乞讨了五六年，老母还是八十。她很机警，她追随几步之后，若是觉得话不投机，她的申诉便戛然而止，不像某些文章那样啰唆。她若是得到一个铜板，她的申诉也戛然而止，像是先生听到下课铃声一般。这个人如果还活着，我相信她一定能编出更合时代潮流的一套新词。

我说乞丐是一种光荣的职业，并不含有鼓励懒惰的意思。乞丐并不是不劳而获的人，你看他晒得黧黑干瘦，跑得上气不接下气，何曾安逸。而且他取不伤廉，勉强维持他的灵魂与肉体不至涣散而已。他的乞食的手段不外两种：一是引人怜，一是讨人厌。他满口“祖宗”“奶奶”地乱叫，听者一旦发生错觉，自己的孝子贤孙居然沦落到这地步，恻隐之心就会油然而起。他若是背有瞎眼的老妈在你背后亦步亦趋，或是把畸形的腿露出来给你看，或是带着一窝的孩子环绕着你叫唤，或是在一块硬砖上稽颡在额上撞出一个大包，或是用一根草棍支着那有眼无珠的眼皮，或是像一个“人彘”似的就地擦着，或者申说遭遇，比“舍弟江南死，家兄塞北亡”还要来得凄怆，那么你那磨得梆硬的心肠也许要露出一丝的怜悯。怜悯不能动人，他还有一套讨厌的办法。他满脸的鼻涕眼泪，你越厌烦，他挨得越近，看看随时都会贴上去的样子，这时你便会情愿出钱打发他走开，像捐款做一桩卫生事业一般。不管是引人怜或是讨人厌，不过只是略施狡狯，无伤大雅。他不会伤人，他不会犯法；从没有一个人想伤害一个乞丐，他的那一把骨头，不足以当尊臂，从没有一种法律要惩治乞丐，乞丐不肯触犯任何法律所以才成为乞丐。乞丐对社会无益，至少也是并无大害，顶多是有一点有碍观瞻，如有外人参观，稍稍避一下也就罢了。有人以为乞丐是社会的寄生虫，话并不错，不过在寄生虫这一门里，白胖的多得是，一时怕数不到他罢？

从没有听说过什么人与乞丐为友，因而亦流于乞丐。乞丐永远是被认为现世报的活标本。他的存在饶有教育意义。无论交友多么泛的人，交不到乞丐，乞丐自成为一个阶级，真正的无产阶级（除了那只沙锅），乞丐是人群外的一种人。他的生活之最优越处是自由；鹑衣百结，无拘无束，街头流浪，无签到请假之烦，只求免于冻馁，富贵于我如浮云。所以俗语说：“三年要饭，给知县都不干。”乞丐也有他的穷乐。我曾想象一群乞丐享用一只“花子鸡”的景况，我相信那必是一种极纯洁的快乐。Charles Lamb 对于乞丐有这样的赞颂：

> 褴褛的衣衫，是贫穷的罪过，却是乞丐的袍褂，他的职业的优美的标识，他的财产，他的礼服，他公然出现于公共场所的服装。他永远不会过时，永远不追在时髦后面。他无须穿着宫廷的丧服。他什么颜色都穿，什么也不怕。他的服装比贵格教派的人经过的变化还少。他是宇宙间唯一可以不拘外表的人。世间的变化与他无干。只有他屹然不动。股票与地产的价格不影响他。农业的或商业的繁荣也与他无涉，最多不过是给他换一批施主。他不必担心有人找他做保。没有人肯过问他的宗教或政治倾向。他是世界上唯一的自由人。

话虽如此，谁不到山穷水尽谁也不肯做这样的自由人。只有一向做神仙的，如李铁拐和济公之类，游戏人间的时候，才肯短期地化身为一个乞丐。

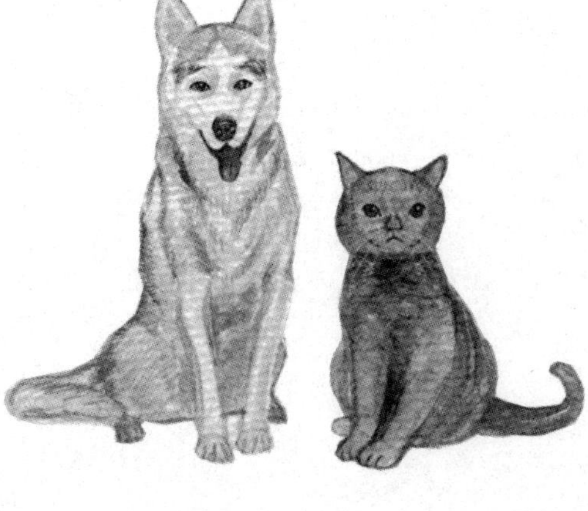

4

# 第四辑

# 人生是一场旅行

在人生的旅途上，

总会有一些来来往往的人，

有与我们背道而行，

也有与我们走向同一个方向。

# 忆老舍

我最初读老舍的《赵子曰》《老张的哲学》《二马》，未识其人，只觉得他以纯粹的北平土话写小说颇为别致。北平土话，像其他主要地区的土语一样，内容很丰富，有的是俏皮话儿，歇后语，精到出色的明喻暗譬，还有许多有声无字的词字。如果运用得当，北平土话可说是非常的生动有趣；如果使用起来不加检点，当然也可能变成为油腔滑调的"耍贫嘴"。以土话入小说本是小说家常用的一种技巧，可使对话格外显得活泼，可使人物个性格外显得真实突出。若是一部小说从头到尾，不分对话叙述或描写，一律使用土话，则自《海上花》一类的小说以后并不多见。我之所以注意老舍的小说者尽在于此。胡适先生对于老舍的作品评价不高，他以为老舍的幽默是勉强造作的。但一般人觉得老舍的作品是可以接受的，甚至颇表欢迎。

抗战后，老舍有一段期间住在北碚，我们时相过从。他又黑又瘦，甚为憔悴，平常总是佝偻着腰，迈着四方步，说话的声音低沉，徐缓，但是有风趣。他和王老向住在一起，生活当然是很清苦的。在名义上他是中国文艺界抗敌协会的负责人，事实上这个组织的分子很复杂，有不少野心分子企图从中操纵把持。老舍对待谁都是一样的和蔼亲切，存心厚道，所以他的人缘好。

有一次北碚各机关团体以国立编译馆为首发起募款劳军晚会，一连两晚，盛况空前，把北碚儿童福利试验区的大礼堂挤得水泄不通。国立礼乐馆的张充和女士多才多艺，由我出面邀请，会同编译馆的姜作栋先生（名伶钱金福的弟子），合演一出《刺虎》，唱做之佳至今令人不能忘。在这一出戏之前，垫一段对口相声。这是老舍自告奋勇的，蒙他选中了我做搭档，头一晚他“逗哏”我“捧哏”，第二晚我逗他捧，事实上挂头牌的当然应该是他。他对相声特有研究，在北平长大的谁没有听过焦德海草上飞？但是能把相声全本大套的背诵下来则并非易事。如果我不答应上台，他即不肯露演，我为了劳军只好勉强同意。老舍嘱咐我说，“说相声第一要沉得住气，放出一副冷面孔，永远不许笑，而且要控制住观众的注意力，用干净利落的口齿在说到紧要处使出全副气力斩钉截铁一般迸出一句俏皮话，则全场必定爆出一片彩声哄堂大笑，用句术语来说，这叫作‘皮儿薄’，言其一戳即破。”我听了之后连连辞谢说：“我办不了，我的皮儿不薄。”他说：“不要紧，咱们练着瞧。”于是他把词儿写出来，一段是《新洪羊洞》，一段是《一家六口》，这都是老相声，谁都听过，相声这玩艺儿不嫌其老，越是经过千锤百炼的玩艺儿越惹人喜欢，借着演员的技艺风度之各有千秋而永远保持新鲜的滋味。相声里面的粗俗玩笑，例如，“爸爸”二字刚一出口，对方就得赶快顺口答腔地说声“啊”，似乎太无聊，但是老舍坚持不能删免，据他看相声已到了至善至美的境界，不可稍有损益。是我坚决要求，他才同意在用折扇敲头的时候只要略为比画而无需真打。我们认真地排练了好多次。到了上演的那一天，我们走到台的前边，泥塑木雕一般绷着脸肃立片刻，观众已经笑不可抑，以后几乎只能在阵阵笑声之间的空隙进行对话。该用折扇敲头的时候，老舍不知是一时激动忘形，还是有意违反诺言，抡起大折扇狠狠地向我打来，我看来势不善，向后一闪，折扇正好打落了我的眼镜，说时迟，那时快，我手掌向上两手平伸，正好托住那落下来的眼镜，我保持那个姿势不动，彩声历久不绝，有人以为这是一手绝活儿，还高呼："再来一回！"

我们那一次相声相当成功，引出不少人的邀请，我们约定不再露演，除非是至抗战胜利再度劳军的时候。

老舍的才华是多方面的，长短篇的小说、散文、戏剧、白话诗，无一不能，无一不精。而且他有他的个性，绝不俯仰随人。我现在拣出一封老舍给我的信，是他离开北碚之后写的，那时候他的夫人已自北平赶来四川，但是他的生活更陷于苦闷。他患有胃下垂的毛病，割盲肠的时候用一小时余还寻不到盲肠，后来在腹部的左边找到了。这封信附有七律五首，由此我们也可窥见他当时的心情的又一面。

前几年王敬羲从香港剪写老舍短文一篇，可惜未注明写作或发表的时间及地点，题为《春来忆广州》，看他行文的气质，已由绚烂趋于平淡，但是有一缕惆怅悲哀的情绪流露在字里行间。听说他去年已作了九泉之客，又有人说他尚在人间。是耶非耶，其孰能辨之？

# 忆冰心

初识冰心的人都觉得她不是一个令人容易亲近的人，冷冷的好像要拒人于千里之外。她的《繁星》《春水》发表在晨报副刊的时候，风靡一时，我的朋友中如时昭瀛先生便是最为倾倒的一个，他逐日剪报，后来精裱成一长卷，在美国和冰心相遇的时候恭恭敬敬地献给了她。我在《创造周报》第十二期（一九二三年七月二十九日）写过一篇《〈繁星〉与〈春水〉》，我的批评是很保守的，我觉得那些小诗里理智多于情感，作者不是一个热情奔放的诗人，只是泰戈尔小诗影响下的一个冷隽的说理者。就在这篇批评发表不久，于赴美途中的“杰克逊总统号”的甲板上我们不期而遇。经许地山先生介绍，寒暄一阵之后，我问她：“您到美国修习什么？”她说：“文学。”她问我：“您修习什么？”我说：“文学批评。”话就谈不下去了。

在海船上摇晃了十几天，许地山、顾一樵、冰心和我都不晕船，我们兴致勃勃地办了一份文学性质的壁报，张贴在客舱入口处，后来我们选了十四篇送给《小说月报》，发表在第十一期（一九二三年十一月十日），作为一个专辑，就用原来壁报的名称“海啸”。其中有冰心的诗三首：《乡愁》《惆怅》《纸船》。

一九二四年秋我到了哈佛，冰心在威尔斯利女子学院，同属于波士顿地区，相距约一个多小时火车的路程。遇有假期，我们几个朋友常去访问冰心，邀她泛舟于脑伦璧迦湖。冰心也常乘星期日之暇到波士顿来做杏花楼的座上客。我逐渐觉得她不是恃才傲物的人，不过对人有几分矜持，至于她的胸襟之高超，感觉之敏锐，性情之细腻，均非一般人所可企及。

一九二五年三月二十八日波士顿一带的中国学生在“美术剧院”公演《琵琶记》，剧本是顾一樵改写的，由我译成英文，我饰蔡中郎，冰心饰宰相之女，谢文秋女士饰赵五娘。逢场作戏，不免谑浪，后谢文秋与同学朱世明先生订婚，冰心就调侃我说：“朱门一入深似海，从此秋郎是路人。”“秋郎”二字来历在此。

冰心喜欢海，她父亲是海军中人，她从小曾在烟台随侍过一段期间，所以和浩瀚的海洋结不解缘，不过在她的作品里嗅不出梅思斐尔的“海洋热”，她憧憬的不是骇浪涛天的海水，不是浪迹天涯的海员生涯，而是在海滨沙滩上拾贝壳，在静静的海上看冰轮乍涌。我一九三零年到青岛，一住四年，几乎天天与海为邻，几次三番地写信给她，从没有忘记提到海，告诉她我怎样陪同太太带着孩子到海边捉螃蟹，掘沙土，捡水母，听灯塔呜呜叫，看海船冒烟在天边逝去，我的意思有逗她到青岛来。她也很想来过一个暑季，她来信说：“我们打算住两个月，而且因为我不能起来的缘故，最好是海涛近接于几席之下。文藻想和你们逛山散步，泅水，我则可以倚枕倾聆你们的言论。……我近来好多了。医生许我坐火车，大概总是有进步。”但是她终于不果来，倒是文藻因赴邹平开会之便到舍下盘桓了三五天。

冰心健康情形一向不好，说话的声音不能大，甚至是有上气无下气的。她一到了美国不久就呕血，那著名的《寄小读者》大部分是在医院床上写的。以后她一直时发时愈，缠绵病榻。有人以为她患肺病，那是不确的。她给赵清阁的信上说：“肺病绝不可能。”给我的信早就说得更明白：“为慎重起见，遵协和医嘱重行检验一次，X光线，取血，闹了一天，据说我的肺倒没毛病，是血管太脆。”她呕血是周期性的，有时事前可以预知。她多么想看青岛的海，但是不能来，只好叹息：“我无有言说，天实为之！”她的病严重地影响了她的创作生涯，甚至比照管家庭更妨碍她的写作，实在是太可惋惜的事。抗战时她先是在昆明，我写信给她，为了一句戏言，她回信说：“你问我除生病之外，所做何事。像我这样不事生产，当然使知友不满之意溢于言外，其实我到呈贡之后，只病过一次，日常生活都在跑山望水，柴米油盐，看孩子中度过……”在抗战期中做一个尽职的主妇真是谈何容易，冰心以病躯肩此重任，是很难为她了。她后来迁至四川的歌乐山居住，我去看她，她一定要我试一试他们睡的那一张弹簧床，我躺上去一试，真软，像棉花团，文藻告诉我他们从北平出来什么也没带，就带了这一张庞大笨重的床，从北平搬到昆明，从昆明搬到歌乐山，没有这样的床她睡不着觉！

歌乐山在重庆附近算是风景很优美的一个地方。冰心的居处在一个小小的山头上，房子也可以说是洋房，不过墙是土砌的，窗户很小很少。里面黑黝黝的，而且很潮湿，倒是门外有几十棵不大不小的松树，秋声萧瑟，瘦影参差，还值得令人留恋。一般人以为冰心养尊处优，以我所知，她在抗战期间并不宽裕。歌乐山的寓处也是借住的。

抗战胜利后，文藻任职我国驻日军事代表团，这一段期间才是她一生享受最多的，日本的园林之胜是她所最为爱好的，日常的生活起居也由当地政府照料得无微不至。下面是她到东京后两年写给我的一封信：

实秋：

九月二十六日信收到。昭涵到东京，呆了五天，我托他把那部日本版杜诗带回给你（我买来已有一年了），到临走时他也忘了，再寻便人罢。你要吴清源和本因坊的棋谱，我已托人收集，当陆续奉寄。清阁在北平（此信给她看看），你们又可以热闹一下。我们这里倒是很热闹，甘地所最恨的鸡尾酒会，这里常有！也累，也最不累，因为你可以完全不用脑筋说话，但这里也常会从万人如海之中飘闪出一两个“惊才绝艳”，因为过往的太多了，各国的全有，淘金似的，会浮上点金沙。除此之外，大多数是职业外交人员，职业军人，浮嚣的新闻记者，言语无味，面目可憎。在东京两年，倒是一种经验，在生命中算是很有趣的一段。文藻照应忙，孩子们照应玩，身体倒都不错，我也好。宗生不常到你处罢？他说高三功课忙得很，明年他想考清华，谁知道明年又怎么样？北平人心如何？看报仿佛不太好。东京下了一场秋雨，冷得美国人都披上皮大衣，今天又放了晴，天空蓝得像北平，真是想家得很！你们吃炒栗子没有？

请嫂夫人安

冰心

一九四九年六月我来到台湾，接到冰心、文藻的信，信中说她们很高兴听到我来台的消息，但是一再叮咛要我立刻办理手续前往日本。风雨飘摇之际，这份友情当然可感，但是我没有去。此后就消息断绝。

# 忆沈从文

一九六八年六月九日《中央日报》方块文章井心先生记载着：“以写作手法新颖，自成一格……的作者沈从文，不久以前，在大陆去世。听说他喝过一次煤油，割过一次静脉，终于带着不屈服的灵魂而死去了。”

接着又说：“他出身行伍，而以文章闻名；自称小兵，而面目姣好如女子，说话、态度尔雅、温文……”“他写得一手娟秀的《灵飞经》……”这几句话描写得确切而生动，使我想起沈从文其人。

我现在先发表他一封信，大概是民国十九年间他在上海时候写给我的。信的内容没有什么可注意的，但是几个字写得很挺拔而俏丽。他最初以“休芸芸”的笔名向《晨报副镌》投稿时，用细尖钢笔写的稿子就非常出色，徐志摩因此到处揄扬他。后来他写《阿丽丝中国游记》分期刊登《新月》，我才有机会看到他的笔迹，果然是秀劲不凡。

从文虽然笔下洋洋洒洒，却不健谈，见了人总是低着头羞答答的，说话也是细声细气。关于他“出身行伍”的事他从不多谈。他在十九年三月写过一篇《从文自序》，关于此点有清楚的交代，他说：“因为生长地方为清时屯戍重镇，绿营制度到近年尚依然存在，故于过去祖父曾入军籍，做过一次镇守使，现在兄弟及父亲皆仍在军籍中做中级军管。因地方极其偏僻，与苗民杂处聚居，教育文化皆极低落，故长于其环境中的我，幼小时显出生命的那一面，是放荡与诡诈。十二岁我曾受过关于军事的基本训练，十五岁时随军外出曾做上士。后到沅州，为一城区屠宰收税员，不久又以书记名义，随某剿匪部队在川、湘、鄂、黔四省边上过放纵野蛮约三年。因身体衰弱，年龄渐长，从各种生活中养成了默想与体会人生趣味的习惯，对于过去生活有所怀疑，渐觉有努力位置自己在一陌生事业上之必要。因这憧憬的要求，糊糊涂涂地到了北京。”这便是他早年从军经过的自白。

由于徐志摩的吹嘘，胡适之先生请他到中国公学教国文，这是一件极不寻常的事，因为一个没有正常的适当的学历资历的青年而能被人赏识于牝牡骊黄之外，是很不容易的。从文初登讲坛，怯场是意中事，据他自己说，上课之前做了充分准备，以为资料足供一小时使用而有余，不料面对黑压压一片人头，三言两语的就把要说的话都说完了，剩下许多时间非得临时编造不可，否则就要冷场，这使他颇为受窘。一位教师不善言词，不算是太大的短处，若是没有足够的学识便难获得大家的敬服。因此之故，从文虽然不是顶会说话的人，仍不失为成功的受欢迎的教师。

记问之学不足以为人师，需要有启发别人的力量才不愧为人师，在这一点上从文有他独到之处，因为他有丰富的人生经验和好学深思的性格。

在中国公学一段时间，他最大的收获大概是他的婚姻问题的解决。英语系的女生张兆和女士是一个聪明用功而且秉性端庄的小姐，她的家世很好，多才多艺的张充和女士便是她的胞姊。从文因授课的关系认识了她，而且一见钟情。凡是沉默寡言笑的人，一旦堕入情网，时常是一往情深，一发而不可收拾。从文尽管颠倒，但是没有得到对方青睐。他有一次急得想要跳楼。他本有流鼻血的毛病，几番挫折之后苍白的面孔愈发苍白了。他会写信，以纸笔代喉舌。张小姐实在被缠不过，而且师生恋爱声张开来也是令人很窘的，于是有一天她带着一大包从文写给她的信去谒见胡校长，请他做主制止这一扰人举动的发展。她指出了信中这样的一句话："我不仅爱你的灵魂，我也要你的肉体，"她认为这是侮辱。胡先生皱着眉头，板着面孔，细心听她陈述，然后绽出一丝笑容，温和地对她说："我劝你嫁给他。"张女士吃了一惊，但是禁不住胡先生诚恳的解说，居然急转直下默不作声地去了。胡先生曾自诩善于为人作伐，从文的婚事得谐便是他常常乐道的一例。

在青岛大学从文教国文，大约一年多就随杨振声（今甫）先生离开青岛到北平居住。今甫到了夏季就搬到颐和园赁屋消暑，和他作伴的一位干女儿，自称过的是帝王生活，优哉游哉地享受那园中的风光湖色。此时从文给今甫做帮手，编中学国文教科书，所以也常常在颐和园出出进进。书编得很精彩，偏重于趣味，可惜不久抗战军兴，书甫编竣，已不合时代需要，故从未印行。

从文一方面很有修养，一方面也很孤僻，不失为一个特立独行之士。像这样不肯随波逐流的人，如何能不做了时代的牺牲？他的作品有四十几种，可谓多产，文笔略带欧化语气，大约是受了阅读翻译文学作品的影响。

此文写过，又不敢相信报纸的消息，故未发表。读聂华苓女士作《沈从文评传》（英文本，一九七二年纽约 Twayne Publishers 出版），果然好像从文尚在人间。人的生死可以随便传来传去，真是人间何世！

# 忆周作人先生

周作人先生住北平西城八道湾，看这个地名就可以知道那是怎样的一个弯弯曲曲的小胡同。但是在这个陋巷里却住着一位高雅的与世无争的读书人。

我在清华读书的时候，代表清华文学社会见他，邀他到清华演讲。那个时代，一个年轻学生可以不经介绍径自拜访一位学者，并且邀他演讲，而且毫无报酬，好像不算是失礼的事。如今手续似乎更简便了，往往是一通电话便可以邀请一位素未谋面的人去讲演什么的。我当年就是这样冒冒失失的慕名拜访。转弯抹角地找到了周先生的寓所，是一所坐北朝南的两进的平房，正值雨后，前院积了一大汪子水，我被引进去，沿着南房檐下的石阶走进南屋。地上铺着凉席。屋里已有两人在谈话，一位是留了一撮小胡子的鲁迅先生，另一位年轻人是写小诗的何植三先生。鲁迅先生和我招呼之后就说："你是找我弟弟的，请里院坐吧。"

里院正房三间，两间是藏书用的，大概有十个八个木书架，都摆满了书，有竖立的西书，有平放的中文书，光线相当暗。左手一间是书房，很爽亮，有一张大书桌，桌上文房四宝陈列整齐，竟不像是一个人勤于写作的所在。靠墙一几两椅，算是待客的地方。上面原来挂着一个小小的横匾，“苦雨斋”三个字是沈尹默写的。斋名苦雨，显然和前院的积水有关，也许还有屋瓦漏水的情事。总之是十分恼人的事，可见主人的一种无奈的心情（后来他改斋名为“苦茶庵”了）。俄而主人移步入，但见他一袭长衫，意态悠悠然，背微佝，目下视，面色灰白，短短的髭须满面，语声低沉到令人难以辨听的程度。一仆人送来两盏茶，日本式的小盖碗，七分满的淡淡清茶。我道明来意，他用最简单的一句话接受了我们的邀请。于是我不必等端茶送客就告辞而退，他送我一直到大门口。

从北平城里到清华，路相当远，人力车要一个多小时，但是他准时来了，高等科礼堂有两三百人听他演讲。讲题是《日本的小诗》。他特别提出所谓俳句，那是日本的一种诗体，以十七个字为一首，一首分为三段，首五字，次七字，再五字，这是正格，也有不守十七字之限者。这种短诗比我们的五言绝句还要短。由于周先生语声过低，乡音太重，听众不易了解，讲演不算成功。幸而他有讲稿，随即发表。他所举的例句都非常有趣，我至今还记得的是一首松尾芭蕉的作品，好像是“听呀，青蛙跃入古潭的声音！”这样的一句，细味之颇有禅意。此种短诗对于试写新诗的人颇有影响，就和泰戈尔的散文诗一样，容易成为模拟的对象。

民国二十三年我到了北京大学，和周先生有同事三年之雅。在此期间我们来往不多，一来彼此都忙，我住东城他住西城相隔甚远，不过我也在苦雨斋做过好几次的座上客。我很敬重他，也很爱他的淡雅的风度。我当时主编一个周刊《自由评论》，他给过我几篇文稿，我很感谢他。他曾托我介绍把他的一些存书卖给学校图书馆。我照办了。他也曾要我照拂他的儿子周丰一（在北大外文系日文组四年级），我当然也义不容辞，我在这里发表他的几封短札，文字简练，自有其独特的风格。

周先生晚节不终，宦事敌伪，以至于身系缧绁，名声扫地，是一件极为可惜的事。不过他所以出此下策，也有其远因近因可察。他有一封信给我，是在抗战前夕写的：

实秋先生：

手书敬悉。近来大有闲，却也不知怎的又甚忙，所以至今未能写出文章，甚歉。看看这“非常时”的四周空气，深感到无话可说，因为这（我的话或文章）是如此的不合宜的。日前曾想写一篇关于《求己录》的小文，但假如写出来了，恐怕看了赞成的只有一个——《求己录》的著者陶葆廉吧？等写出来可以用的文章时，即当送奉，匆匆不尽。

作人启 七日夜

关于《求己录》的文章虽然他没有写，我们却可想见他对《求己录》的推崇，按，《求己录》一册一函，光绪二十六年杭州求是书院刊本，署芦泾遁士著，乃秀水陶葆廉之别号。陶葆廉是两广总督陶模（子方）之子，久佐父幕，与陈三立、谭嗣同、沈雁潭合称四公子。作人先生引陶葆廉为知己，同属于不合时宜之列。他也曾写信给我提到“和日和共的狂妄主张”。是他对于抗日战争早就有了他自己的一套看法。他平素对于时局，和他哥哥鲁迅一样，一向抱有不满的态度。

作人先生有一位日籍妻子。我到苦茶庵去过几次没有拜见过她，只是隔着窗子看见过一位披着和服的妇人走过，不知是不是她。一个人的妻子，如果她能勤俭持家相夫教子而且是一个“温而正”的女人，她的丈夫一定会受到她的影响，一定爱她，一定爱屋及乌地爱与她有关的一切。周先生早年负笈东瀛，娶日女为妻，对于日本的许多方面有好的印象是可以理解的。我记得他写过一篇文章赞美日本式的那种纸壁地板蹲坑的厕所，真是匪夷所思。他有许多要好的日本朋友，更是意料中事，犹之鲁迅先生之与上海虹口的内山书店老板过从甚密。

抗战开始，周先生舍不得离开北平，也许是他自恃日人不会为难他。以我所知，他不是一个热衷仕进的人，也异于鲁迅之偏激孤愤。不过他表面上淡泊，内心里却是冷峭。他这种心情和他的身世有关。一九八二年九月二十日《联合报》万象版登了一篇《高阳谈鲁迅心头的烙痕》：

鲁迅早期的著作，如《呐喊》等，大多在描写他的那场“家难”；其中主角是他的祖父周福清，同治十年三甲第十五名进士，外放江西金溪知县。光绪四年因案被议，降级改为“教谕”。周福清不愿做清苦的教官，改捐了一个“内阁中书”，做了十几年的京官。

光绪十九年春天，周福清丁忧回绍兴原籍。这年因为下一年慈禧太后六旬万寿，举行癸巳恩科乡试：周福清受人之托，向浙江主考贿买关节，连他的儿子也就是鲁迅的父亲周用吉在内，一共是六个人，关节用“宸衷茂育”字样；另外“虚写银票洋银一万元”，一起封入信封。投信的对象原是副主考周锡恩，哪知他的仆人在苏州误投到正主考殷如璋的船上。殷如璋不知究竟，拆开一看，方知贿买关节。那时苏州府知府王仁堪在座，而殷如璋与周福清又是同年，为了避嫌疑起见，明知必是误投，亦不能不扣留来人，送官究办。周福清就这样吃上了官司。

科场舞弊，是件严重的事。但从地方到京城，都因为明年是太后六十万寿，不愿兴大狱，刑部多方开脱，将周福清从斩罪上量减一等，改为充军新疆。历久相沿的制度是，刑部拟罪得重，由御笔改轻，表示“恩出自上”；但这一回令人大出意外，御着批示：“周福清着改为斩监候，秋后处决。”

这一来，周家可就惨了。第二年太后万寿停刑，固可多活一年；但自光绪二十一年起，每年都要设法活动，将周福清的姓名列在“勾决”名册中“情实”一栏之外，才能免死。这笔花费是相当可观的；此外，周福清以“死囚”关在浙江臬司监狱中，如果希望获得较好的待遇，必须上下“打点”，非大把银子不可。周用吉的健康状况很差，不堪这样沉重的负担，很快地就去世了。鲁迅兄弟被寄养在亲戚家，每天在白眼中讨生活：十几岁的少年，由此而形成的人格，不是鲁迅的偏激负气，就是周作人的冷漠孤傲，是件不难想象的事。

鲁迅心头烙痕也正是周作人先生的心头烙痕，再加上抗战开始后北平爱国志士那一次的枪击，作人先生无法按捺他的激愤，遂失足成千古恨了。在后来国军撤离南京的前夕，蒋梦麟先生等还到监牢去探视过他，可见他虽然是罪有应得，但是他的老朋友们还是对他有相当的眷念。

一九七一年五月九日《中国时报》副刊有南宫搏先生一文《于〈知堂回想录〉而回想》，有这样的一段：

我曾写过一篇题为《先生，学生不伪！》不留余地指斥学界名人傅斯年。当时自重庆到沦陷区的接收大员，趾高气扬的不乏人，傅斯年即为其中之一。我们总以为学界的人应该和一般官吏有所不同，不料以清流自命的傅斯年在北平接收时，也有那一副可憎的面目，连“伪学生”也说得出口！——他说“伪教授”其实也可恕了。要知政府兵败，弃土地人民而退，要每一个人都亡命到后方去，那是不可能的。在敌伪统治下，为谋生而做一些事，更不能皆以汉奸目之，“饿死事小，失节事大”，说说容易，真正做起来，却并不是叫口号之易也。何况，平常做做小事而谋生，遽加汉奸帽子，在情在理，都是不合的。

南宫搏先生的话自有他的一面的道理，不过周作人先生无论如何不是“做做小事而谋生”，所以我们对于他的晚节不终只有惋惜，无法辩解。

# 辜鸿铭先生逸事

辜鸿铭先生以茶壶譬丈夫，以茶杯譬妻子，故赞成多妻制，诚怪论也。

先生之怪论甚多，常告人以姓辜之故，谓始祖寔为罪犯。又言始祖犯罪，不足引以为羞；若数典忘祖，方属可耻云。

先生深于英国文学之素养。或叩以养成之道，曰：先背熟一部名家著作做根基。又言今人读英文十年，开目仅能阅报，伸纸仅能修函，皆由幼年读一猫一狗式之教科书，是以终其身只有小成。先生极赞成中国私塾教授法，以开蒙未久，即读四书五经，尤须背诵如流水也。

先生之书法，极天真烂漫之致，别字虽不甚多，亦非极少。盖先生生于异国，学于苏格兰，比壮年入张之洞幕，始沉潜于故邦载籍云。

先生好选《诗经》中成句，译英文诗，虽未能天衣无缝，亦颇极传神之妙，惜以古衣冠加于无色民族之身上耳，先生以“情”译poetry，以“理”译philosophy，以“事”译history，以“物”译science，以“阴阳”译physic，以“五行”译chemistry，以“红福”译juno，以“清福”译minerva，以“艳福”译venus，于此可见其融合中外之精神。

先主喜征逐之乐，顾不修边幅，既垂长辫，而枣红袍与天青褂上之油腻，尤可鉴人，粲者立于其前，不须揽镜，即有顾影自怜之乐。先生对于妓者颇有同情，恒操英语曰：prostitude者，destitudc也（意谓卖淫者卖穷也）。

先生多情而不专，夫人在一位以上。尝娶日妇，妇死哭之悲，悼亡之痛，历久不渝。先生尝患贫，顾一闻丐者呼号之声，立即拔关而出，畀以小银币一二枚，勃溪之声，尝因之而起。

先生操多种方言，通几国文字；日之通士，尤敬慕先生，故日本人所办之英文报纸，常发表先生忠君爱国之文字。文中畅引中国经典，滔滔不绝，其引文之长，令人兴喧宾夺主之感，顾趣味弥永，凡读其文者只觉其长，并不觉其臭。

# 胡适先生二三事

胡先生是安徽徽州绩溪县人，对于他的乡土念念不忘，他常告诉我们他的家乡的情形。徽州是个闭塞的地方。四面皆山，地瘠民贫，山地多种茶，每逢收茶季节茶商经由水路从金华到杭州到上海求售，所以上海的徽州人特多，号称徽帮，其势力一度不在宁帮之下。四马路一带就有好几家徽州馆子。民国十七八年间，有一天，胡先生特别高兴，请努生、光旦和我到一家徽州馆吃午饭。上海的徽州馆相当守旧，已经不能和新兴的广东馆、四川馆相比，但是胡先生要我们去尝尝他的家乡风味。

我们一进门，老板一眼望到胡先生，便从柜台后面站起来笑脸相迎，满口的徽州话，我们一点也听不懂。等我们扶着栏杆上楼的时候，老板对着后面厨房大吼一声。我们落座之后，胡先生问我们是否听懂了方才那一声大吼的意义。我们当然不懂，胡先生说："他是在喊：'绩溪老倌，多加油啊！'"原来绩溪是个穷地方，难得吃油大，多加油即是特别优待老乡之意。果然，那一餐的油不在少。有两个菜给我的印象特别深，一个是划水鱼，即红烧青鱼尾，鲜嫩无比，一个是生炒蝴蝶面，即什锦炒生面片，非常别致。缺点是味太咸，油太大。

徽州人聚族而居，胡先生常夸说，姓胡的、姓汪的、姓程的、姓吴的、姓叶的，大概都是徽州，或是源出于徽州。他问过汪精卫、叶恭绰，都承认他们祖上是在徽州。努生调侃地说：“胡先生，如果再扩大研究下去，我们可以说中华民族起源于徽州了。”相与拊掌大笑。

吾妻季淑是绩溪程氏，我在胡先生座中如遇有徽州客人，胡先生必定这样地介绍我：“这是梁某某，我们绩溪的女婿，半个徽州人。”他的记忆力特别好，他不会忘记提起我的岳家早年在北京开设的程五峰斋，那是一家在北京与胡开文齐名的笔墨店。

胡先生酒量不大，但很喜欢喝酒。有一次他的朋友结婚，请他证婚，这是他最喜欢做的事，筵席只预备了两桌，礼毕入席，每桌备酒一壶，不到一巡而壶告罄。胡先生大呼添酒，侍者表示为难。主人连忙解释，说新娘是 Temperance Lesgus（节酒会）的会员。胡先生从怀里掏出现洋一元交付侍者，他说：“不干新郎新娘的事，这是我们几个朋友今天高兴，要再喝几杯。赶快拿酒来。”主人无可奈何，只好添酒。

事实上胡先生从不闹酒。民国二十年春，胡先生由沪赴平，道出青岛，我们请他到青岛大学演讲，他下榻万国疗养院。讲题是《山东在中国文化里的地位》，就地取材，实在高明之至，对于齐鲁文化的变迁，儒道思想的递嬗，讲得头头是道，听众无不欢喜。当晚青大设宴，胡先生赶快从袋里摸出一只大金指环给大家传观，上面刻着“戒酒”二字，是胡太太送给他的。

胡先生交游广，应酬多，几乎天天有人邀饮，家里可以无需开伙。徐志摩风趣地说："我最羡慕我们胡大哥的肠胃，天天酬酢，肠胃居然吃得消！"其实胡先生并不欣赏这交际性的宴会，只是无法拒绝而已。民国二十年六月二十一日胡先生写信给我，劝我离开青岛到北大教书，他说："你来了，我陪你喝十碗好酒！"

胡先生住上海极司菲尔路的时候，有一回请"新月社"一些朋友到他家里吃饭，菜是胡太太亲自做的——徽州著名的"一品锅"。一只大铁锅，口径差不多有一英尺，热腾腾地端了上桌，里面还在滚沸，一层鸡，一层鸭，一层肉，点缀着一些蛋皮饺，紧底下是萝卜白菜。胡先生详细介绍这一品锅，告诉我们这是徽州人家待客的上品，酒菜、饭菜、汤，都在其中矣。对于胡太太的烹调的本领，他是赞不绝口的。他认为另有一样食品也是非胡太太不办的，那就是蛋炒饭——饭里看不见蛋而蛋味十足，我虽没有品尝过，可是我早就知道其做法是把饭放在搅好的蛋里拌匀后再下锅炒。

胡先生不以书法名，但是求他写字的人太多，他也喜欢写。他做中国公学校长的时候，每星期到吴淞三两次，我每次遇见他都是看到他被学生们里三层外三层地密密围绕着。学生要他写字，学生需要自己备纸和研好的墨。他未到校之前，桌上已按次序排好一卷一卷的宣纸，一盘一盘的墨汁。他进屋之后就伸胳膊挽袖子，挥毫落纸如云烟，还要一面和人寒暄，大有手挥五弦目送飞鸿之势。胡先生的字如其人，清癯削瘦，而且相当工整，从来不肯作行草，一横一捺都拖得很细很长，好像是伸胳膊伸腿的样子。不像瘦金体，没有那一份劲逸之气，可是不俗。胡先生说起蔡孑民先生的字，也是瘦骨嶙峋，和一般人点翰林时所写的以黑大圆光著名的墨卷迥异其趣，胡先生曾问过他，以他那样的字何以能点翰林，蔡先生答说："也许是因为当时最流行的是黄山谷的字体罢！"

胡先生最爱写的对联是"大胆地假设，小心地求证；认真地做事，严肃地做人。"我常惋惜，大家都注意上联，而不注意下联。这一联有如双翼，上联教人求学，下联教人做人，我不知道胡先生这一联发生了多少效果。这一联教训的意味很浓，胡先生自己亦不讳言他喜欢用教训的口吻。他常说："说话而教人相信，必须斩钉截铁，咬牙切齿，翻来覆去地说。《圣经》里便是时常使用verily,veril以及thou shalt等的字样。"胡先生说话并不武断，但是语气永远是非常非常坚定的。

赵瓯北的一首诗"李杜诗篇万口传，至今已觉不新鲜。江山代有才人出，各领风骚数百年"，也是胡先生所爱好的，显然是因为这首诗的见解颇合于提倡新文学者的口味。胡先生到台湾后，有一天我请他到师大讲演，讲的是《中国文学的演变》，以六十八高龄的人犹能谈上两个钟头而无倦色。在休息的时间，《中国语文》一月刊请他题字，他题了三十多年前的旧句："山风吹散了窗纸上的松影，吹不散我心头的人影。"

胡先生毕生服膺科学，但是他对于中医问题的看法并不趋于极端，和傅斯年先生一遇到孔庚先生便脸红脖子粗的情形大不相同。傅斯年先生反对中医，有一次和提倡中医的孔庚先生在国民参政会席上相对大骂几乎要挥老拳。胡先生笃信西医，但也接受中医治疗。

民国十四年二月孙中山先生病危，从医院迁出，住进行馆，改试中医，由适之先生偕名医陆仲安诊视。这一段经过是大家知道的。陆仲安，徽州人，一度落魄，住在绩溪会馆所以才认识胡先生，偶然为胡先生看病，竟奏奇效，故胡先生为他揄扬，名医之名不胫而走。事实上陆先生亦有其不平凡处，盛名固非幸致。民国十五六年之际，我家里有人患病即常延陆来诊。陆先生诊病，无模棱两可语，而且处方下药分量之重令人惊异。药必须要到同仁堂去抓，否则不悦。每服药必定是大大的一包，小一点的药锅便放不进去。贵重的药更要大量使用。他的理论是：看准了病便要投以重剂猛攻。后来在上海有一次胡先生请吃花酒，我发现陆先生亦为席上客，那时候他已是大腹便便、仆仆京沪道上专为要人治病的名医了。

胡先生左手背上有一肉瘤隆起，医师劝他割除，他就在北平协和医院接受手术，他告诉我医师们动手术的时候，动用一切应有的设备，郑重其事地为他解除这一小患，那份慎重将事的态度使他感动。又有一次乘船到美国去开会，医师劝他先割掉盲肠再做海上旅行，以免途中万一遭遇病发而难以处治，他欣然接受了外科手术。

我没看见过胡先生请教中医或服中药，可是也不曾听他说过反对中医中药的话。

胡先生从来不在人背后说人的坏话，而且也不喜欢听人在他面前说别人的坏话。有一次他听了许多不相干的闲话之后喟然而叹曰：“来说是非者，便是是非人！”相反的，人有一善，胡先生辄津津乐道，真是口角春风。徐志摩给我的一封信里有“胡圣潘仙”一语，是因为胡先生向有“圣人”之称，潘光旦只有一条腿可跻身八仙之列，并不完全是戏谑。

但是誉之所至，谤亦随之。胡先生到台湾来，不久就出现了《胡适与国运》匿名小册，后来匿名者显露了真姓名，胡先生夷然处之，不予理会。胡先生兴奋地说，大陆印出了三百万字清算胡适思想，言外之意《胡适与国运》太不成比例了。胡先生返台定居，本来是落叶归根非常明智之举，但也不是没有顾虑。首先台湾气候并不适宜。一九五七年十一月二十五日给陈之藩先生的信就说，“请胸部大夫检查两次 X 光照片都显示肺部有弱点(旧的、新的)。此君很不赞成我到台湾的“潮冷”又“潮热”的气候去久住。”但是一九五六年十一月十八日给赵元任夫妇的信早就说过：“我现在的计划是要在台中或台北……为久居之计。不管别人欢迎不欢迎，讨厌不讨厌，我在台湾是要住下去的。我也知道一定有人不欢迎我长住下去。”可见胡先生决意来台定居，医生的意见也不能左右他，不欢迎他的人只好写写《胡适与国运》罢了。

一九六0年七月十日胡先生在西雅图举行“中美文化合作会议”发表的一篇讲演，是很重要的文献，是英文的，同年七月廿一、廿二、廿三，中央日报有中文译稿。在这篇讲演里胡先生历述中国文化之演进的大纲，结论是“我相信人道主义及理性主义的中国传统，并未被毁灭，且在所有情形下不能被毁灭！”大声疾呼，为中国文化传统作狮子吼，在座的中美听众一致起立欢呼鼓掌久久不停，情况是非常动人。事后有一位美国学者称道这篇演讲具有“邱吉尔作风”。我觉得像这样的言论才算得是弘扬中国文化。当晚，在旅舍中胡先生取出一封复印信给我看，是当地主人华盛顿大学校长欧地嘉德先生特意复印给胡先生的。这封信是英文的，是中国人写的英文，起草的人是谁不问可知，是写给欧地嘉德的，具名连署的人不下十余人之多，其中有“委员”，有“教授”，有男有女。信的主旨大概是说：胡适是中国文化的叛徒，不能代表中国文化，此番出席会议未经合法推选程序，不能具有代表资格，特予郑重否认云云。我看过之后交还了胡先生，问他怎样处理，胡先生微笑着说：“不要理他！”我不禁想起《胡适与国运》。

胡先生在师大讲演中国文学的变迁，弹的还是他的老调。我给他录了音，音带藏师大文学院英语系。他在讲词中提到律诗及评剧，斥为“下流”。听众中喜爱律诗及评剧的人士大为惊愕，当时面面相觑，事后议论纷纷。我告诉他们这是胡先生数十年一贯的看法，可惊的是他几十年后一点也没有改变。中国律诗的艺术之美，评剧的韵味，都与胡先生始终无缘。八股、小脚、鸦片，是胡先生所最深恶痛绝的，我们可以理解。律诗与评剧似乎应该属于另一范畴。

胡先生对于禅宗的历史下过很多功夫，颇有心得，但是对于禅宗本身那一套奥义并无好感。有一次朋友宴会饭后要大家题字，我偶然地写了“无门关”的一偈，胡先生看了很吃一惊，因此谈起禅宗，我提到日本铃木大拙所写的几部书，胡先生正色说：“那是骗人的，你不可信他。”

人生总是苦乐参半，需知其乐，忘其苦，明其心，苦其志。